한밤의
모험

WILDE REISE DURCH DIE NACHT
by Walter Moers

Copyright © Albrecht Knaus Verlag,
a division of Verlagsgruppe Random House GmbH, München, Germany
First published in 2001.
Korean Translation Copyright © 2016 by Munhakdongne Publishing Corp.

This Korean language edition is published by arrangement with
Verlagsgruppe Random House GmbH, München, Germany through MOMO Agency, Seoul.

이 책의 한국어판 저작권은 모모 에이전시를 통해
Verlagsgruppe Random House GmbH, München, Germany와
독점 계약한 (주)문학동네에 있습니다.
저작권법에 의해 한국 내에서 보호를 받는 저작물이므로
무단 전재와 무단 복제를 금합니다.

이 도서의 국립중앙도서관 출판예정도서목록(CIP)은
서지정보유통지원시스템 홈페이지(http://seoji.nl.go.kr)와
국가자료공동목록시스템(http://www.nl.go.kr/kolisnet)에서 이용하실 수 있습니다.
(CIP제어번호: CIP2015029153)

한밤의 모험

Wilde
Reise durch
die Nacht

발터 뫼어스 장편소설

귀스타브 도레 그림

안영란 옮김

문학동네

귀스타브 도레 프랑스의 화가이자 일러스트레이터. 1832년 1월 6일 스트라스부르에서 태어나 1883년 1월 23일 파리에서 죽었다. 어렸을 때부터 그림에 뛰어난 재능을 보여 열 살 때 이미 풍속사를 주제로 한 일러스트를 선보였다. (중략) 열세 살 때 파리로 간 후 열다섯 살인 1847년 『주르날 푸르 리르』의 일러스트레이터로 활동하기 시작했다. 1854년 그의 첫 작품집이 되는 프랑수아 라블레의 『가르강튀아와 팡타그뤼엘』에 일러스트를 그리면서 큰 명성을 얻게 된다. (중략) 그칠 줄 모르는 상상력과 식지 않는 창작열은 결국 그를 극한에까지 이르게 했다. 루도비코 아리오스토의 『광란의 오를란도』의 한 장면을 그린 작품은 그의 최후의 대작으로 꼽힌다.

마이어스 대사전, 1897

한밤의 모험 009

도판 출처 203
귀스타브 도레 연보 205
귀스타브 도레가 삽화를 그린 주요 작품들 209
옮긴이의 말 215

귀스타브가 출항한 것은 날이 다 저물어서였다. 워낙 밤배 타기를 좋아하기도 했지만 어차피 뱃머리를 어디로 향해야 할지 알 수 없는 상황에서는 시계視界 사정이야 그다지 중요한 게 아니었다. 하늘은 잉크빛 구름으로 자욱하게 뒤덮여 있었다. 다만 별이 한두 개, 혹은 크레이터의 우툴두툴한 상흔을 드러낸 달의 얼굴이 간간이 구름 사이로 비어져나와, 잡고 있는 키를 겨우 알아볼 수 있을 만큼, 꼭 그만큼의 빛을 던져주었다. 바다 위에서는 별의 위치로 방향을 가늠할 수 있다는 얘기를 읽은 기억이 났다. 언젠가는 그 기술을 제대로 써먹어보고 싶었지만 당장은 육감에 의지할 수밖에 달리 방법이 없었다.

"좌현 꽉 잡아!" 갑판 너머로 소리치며 귀스타브는 왼쪽으로 키를 꺾었다. 좌현이 왼쪽이던가, 오른쪽이던가? 키를 왼쪽으로 돌리면 배가 오른쪽으로 가는 건가, 아니 그 반대인가? 그는 잠시 이런 의문들을 제쳐둔 채 선원들에게 거침없고 결연한 인상을 주기 위해 부러 힘차게 키를 돌렸다.

"피할 수 없어, 선장!" 귀스타브의 충실한 심복, 애꾸눈 키잡이 단테가 어느새 뒤에 와 있었다. 노련한 뱃사람인 그의 목소리 역시 두려움에 떨리고 있었다. "도망치지 못할 거야. 안 그래?"

귀스타브의 나이 이제 겨우 열두 살. 그를 보려면 한참은 허리를 굽혀야 했지만, 아벤투레 호의 선원들은 모두 거인을 대하듯 그를 우러러보았다. 단테는 우악스런 두 손에 모자를 쥐고 만지작거리며 남은 한쪽 눈으로 어린 선장 귀스타브를 절박하게 바라보았다. 귀스타브는 바람결에 코를 묻고 킁킁거렸다. 대기는 축축하고 따뜻했다. 엄청난 폭풍우가 몰려오기 전이면 늘 그렇듯이.

"도망쳐?" 귀스타브는 어깨 너머로 대꾸했다. "누구로부터 도망친다는 거야?"

"그야 폭풍이지, 선장! 아니, 폭풍들이란 말이 더 어울리겠어. 그래, 폭풍들 말이야."

"폭풍?" 귀스타브가 되물었다. "대체 무슨 폭풍 말이야?"

"삼쌍둥이 토네이도 말이야, 선장. 벌써 우릴 바싹 따라붙었다고!" 단테의 떨리는 손가락이 뱃고물 쪽을 가리켰고, 귀스타브의 시선이 그 뒤를 따랐다. 그가 본 것은 실로 무시무시한 광경이었다. 바다에서 솟아오른 어마어마한 물기둥 두 개가 회오리를 일으키며 어두운 구름 속으로 빙글빙글 말려올라가고 있었다. 바다를 통째로 집어삼키고 하늘에 존재하는 것까지 모조리 삼켜버릴 기세였다. 광포한 거인처럼 울부짖으며, 회오리바람은 글자 그대로 바람처럼 날쌔게 아벤투레를 뒤쫓고 있었다.

"그래그래, 그러니까 샴쌍둥이 토네이도 중 하나네!" 귀스타브는 애써 침착하게 말했다. "뭐, 달갑지는 않지만, 그래도 그렇게 넋이 나가 주저앉을 이유는 없어." 그는 꾸짖는 듯한 시선으로 후들거리는 단테의 두 다리를 노려보았다.

"돛을 내려! 우현 쪽 세 단, 아니 네 단!" 귀스타브는 단호하게 명령했다. 키잡이 단테는 금세 마음을 다잡았다. 생명이 위태로운 상황에서도 의연한 소년 앞에서 그는 부끄럽기 짝이 없었다. "알겠습니다, 선장!" 단테는 발뒤꿈치를 소리나게 붙이며 경례를 하고서 절도 있는 걸음으로 물러갔다.

단테가 사라진 뒤에야 비로소 귀스타브도 무릎 힘이 쭉 빠졌다. 그는 조타륜을 꽉 잡았다. 샴쌍둥이 토네이도라…… 흠, 근사한걸. 샴쌍둥이 토네이도라면 일곱 개의 바다를 통틀어 일어날 수 있는 자연현상 중 가장 위험한 것이 아니던가! 절친한 두 개의 태풍. 정신적인 교감으로 의사소통을 하며 함께 배를 사냥하는 기상학적 쌍둥이. 하나가 처치하지 못한 배는 다른 하나가 뒤처리한다는.

귀스타브는 포효하는 소용돌이에 흘끔 시선을 던졌다. 태풍은 삽시간에 덩치가 두 배로 불어난 것 같았다. 귀스타브는 똑똑히 보았다. 거대한 두족류의 바다괴물과 고래와 상어 들이 바다에서 튀어나와 공중으로 휘말려올라가다 곧장 다시 곤두박질치는 것을. 몸을 뒤치는 폭풍의 거인들 사이 여기저기서 번갯불이 번쩍번쩍했다. 그 빛을 받아 번쩍이는 아벤투레는 마치 유령선 같아 보였다.

'흠, 저렇게 서로 의사소통을 하시는군!' 귀스타브는 추측했다. '전기를 통해서! 국제 토네이도학회에 냉큼 알려줘야겠는걸. 여기서 살아남는다면 말이야.'

귀스타브는 다시 전방을 바라보았다. '어느 쪽이든 마찬가지겠어.' 그는 곰곰이 생각했다. '왼쪽으로 가면 왼쪽 토네이도가 쫓아올 테고, 오른쪽으로 가면 오른쪽 놈을 만나겠지.'

그런 절망적인 생각이 채 끝나기도 전에 아벤투레는 거대한 파도를 타고 높이 치솟았다. 다음 순간 배는 바다 위 공중에 거의 미동 없이 떠 있었고, 하얀 거품이 배를 에워싸듯 물마루를 만들었다. 본연의 임무를 포기한 것 같은 바다는 거품이 부글거리는 쟁반 위에 도주하는 배를 올려바치는 폭풍의 공범자에 지나지 않았다.

"꼼짝 못하게 됐어!" 귀스타브는 자포자기했다. "난파할 거야!"

바로 그 순간 왼쪽 토네이도가 아벤투레를 낚아챘다. 어둠이 배를 휘감고, 대양의 내장에서부터 올라오는 그렁대는 소리가 사방의 모든 소리를, 선원들의 비명소리까지도 집어삼켰다. 귀스타브는 허리띠를 풀어 몸을 키에 묶은 다음 눈을 감았다.

죽을 준비는 되어 있었다. 바다의 신들이 원한다면 기꺼이 배와 함께 바다 밑바닥으로 가라앉을 각오쯤은 하고 있었다. 그것이 바로 선장인 그의 의무였다. 바다 밑바닥에 가라앉은, 가오리들이 들락거리는 조각난 배의 잔해들, 그 가운데 키에 묶인 채 물고기들에게 뜯어먹혀 뼈만 앙상히 남은 자신의 모습이 눈앞에 또렷이 떠올랐다.

그런데 조용했다. 아무 소리도 들리지 않았다. 숨소리 하나, 미동 하나 없었다. 허공에 떠 있는 느낌조차 없었다. 완벽한 무중력상태. 오로지 두 손에 잡고 있는 키만이 방금 전까지만 해도 그가 노호하는 폭풍 속에 있었음을 상기시켜주었다.

'죽었구나.' 귀스타브는 생각했다. '죽은 거야. 아무 소리도 안 들리잖아.'

귀스타브는 용기를 내어 다시 눈을 뜨고 위를 올려다보았다. 거대한 깔때기를 통해 들여다본 것처럼 바로 눈앞에 검은 원이 있었다. 반짝이는 별이 가득한 그것은 바로 우주였다. 그 원을 빙 둘러 바닷물과, 부서진 나뭇조각과, 회오리치는 공기의 소용돌이, 그 모든 것이 원심분리기 안에서 돌아가듯 바깥으로 흩뿌려지고 있었다. 귀스타브는 바로 토네이도의 고요한 눈 안에 있었던 것이다.

그는 그 잿빛 원통 안에서 아벤투레의 선원들이 하늘로 빨려올라가는 것을 속수무책으로 지켜봐야 했다. 아니, 더 정확히 말해 선원들의 벌어진 입과 공포로 휘둥그레진 눈망울을 보았을 뿐 가슴을 갈기갈기 찢어놓는 비명소리는 듣지 못했다.

아벤투레가 다시금 공중으로 높이 떠올랐다. 귀스타브는 이제 곧장 저 우주로 가나보다, 생각했다. 하지만 바로 그때 토네이도가 느닷없이 수면에서 떨어져 배를 그냥 놓아두고 허공으로 올라갔다. 회오리는 점점 더 작아지며 계속 높이 솟아올라 마침내 하늘 저편, 어두운 구름 산 속으로 잠겨들었다. 물과 대기와 마도로스들과 배의 파편들이 거대한 뱀 같은 띠를 이루며 사라져갔다. 남겨진 토네이도의 쌍둥이 형제 역시 그 뒤를 따랐다. 두 태풍이 내지르는 마지막 승리의 환성이 구름 사이로 흘러나왔다. 그리고 그들은 자취를 감추었다.

아벤투레는 다시 바다로 곤두박질쳤다. 그 충격으로 널빤지에 박힌 못들이 튀어나오고 밧줄이 끊어졌다. 떨어진 배를 빙 둘러 하얀 물거품이 일었다. 나무가 쪼개지고, 돛이 찢어지고, 닻에 달려 있던 쇠사슬이 요란하게 철거덕거렸다. 그러고는 고요했다. 적막 그 자체였다. 바다는 잠잠했고, 배만 이리저리 조금씩 흔들렸다. 나무통 두어 개가 갑판 위를 굴러다녔다. 시작이 그랬듯, 끝도 급작스러웠다.

귀스타브는 키에 묶었던 몸을 풀었다. 아직 멍한 채 비틀거리며 배이곳저곳을 둘러보았다. 아벤투레는 이제 배가 아니라 그저 그 잔해일 뿐이었다. 돛은 갈가리 찢기고 선체에는 군데군데 구멍이 나 있었다. 돌풍에 쥐어뜯긴 새의 깃털처럼 나무판자들이 사방에 어지러이 널려 있었다. 배는 서서히, 조금씩 조금씩 가라앉고 있었다.

"이제 끝이구나!" 귀스타브는 혼잣말을 뇌까렸다.

"그래…… 태어난 것들은 모두 사라지기 마련이지.*" 저쪽, 배의 고물 쪽에서 알 수 없는 목소리가 대꾸했다. 귀스타브는 얼른 소리나는 쪽을 돌아보았다.

부러진 돛대와 똬리를 튼 밧줄 더미 사이 한쪽 난간에 소름끼치는 모습의 남자가 걸터앉아 있었다. 해골이었다. 가죽도 살도 없는 뼈대에 검은 망토를 두른 모습이었다. 뼈만 남은 두 손에 보석함을 든 남자의 텅 빈 눈구멍은 귀스타브를 향해 있었다.

그의 발치에는 젊은 여인 하나가 무릎을 꿇고 앉아 있었다. 한때 매우 아름다웠을 여인의 섬세하고 고혹적인 얼굴에는 이제 광기로 흉하게 일그러진 가면이 씌워져 있었다. 그녀의 시선은 바람에 흩날리는 금발처럼 어지러웠다. 그녀는 갑판 위에 주사위 두 개를 던졌다.

"괴테!" 남자가 말했다.

"다, 당신이…… 괴테라고?" 귀스타브가 어리둥절해서 물었다.

"아니, 괴테를 인용했다는 말이야. 나는 죽음이다. 그리고 여긴 내 동생 데멘티아.** 가엾게도 미쳐버렸지. 데멘티아, 인사해라!"

---

* 괴테의 『파우스트』 중 한 대목.
** 정신이상, 광기를 가리키는 라틴어에서 유래해 오늘날은 주로 치매를 나타낸다.

"난 미치지 않았어." 젊은 여인은 주사위놀이를 멈추지 않은 채 언짢다는 듯 쏘아붙였다.

"그런데 네 이름은?" 죽음이 물었다.

"귀스타브." 어린 귀스타브는 당당하게 다시 한번 대답했다. "귀스타브 도레."

"좋아. 그렇다면 내가 제대로 찾아왔군. 나는 귀스타브, 바로 네 영혼을 가지러 왔으니까." 그가 들고 있던 보석함을 가리켰다. 그러고 보니 보석함은 아주 작은 관 모양이었다. "이게 뭔지 알겠나?"

귀스타브는 고개를 저었다.

"영혼의 관이야." 얼마간의 거만함이 묻어 있는 음울한 목소리로 해골이 말했다. "그래! 내가 직접 만든 거지. 난 네 육체 따위엔 관심 없어. 그거야 상어밥이 되거나, 다른 생물들이 부패해서 사라지듯 바닷속에서 흩어지겠지. 거참, 이 잔혹한 행성에선 그런 걸 자연의 섭리라고 하더군. 내가 원하는 건 오로지 네 영혼뿐이야. 난 그걸 태워버릴 거다."

"그의 영혼은 내 거야!" 미친 여인이 새된 소리를 지르며 주사위를 가리켰다. 두 번 던져도 모두 6이었다. 그녀는 주사위를 주워 다시 던졌다.

"흠…… 그렇군." 죽음이 맥빠진 듯 말했다. "한번 더 던져야지." 주사위가 다시 던져졌다. 하나는 5, 다른 하나는 6이 나왔다.

"6이 다섯에 5가 하나라. 이거 난감하군." 해골이 한숨을 내쉬었다.

"내 거라니까!" 의기양양해진 데멘티아가 신경질적으로 깔깔거렸다. 번득이는 그녀의 눈동자가 귀스타브에게 고정되는 순간 파르르 떨렸다.

"잘 들어봐." 죽음이 설명했다. "먼저든 나중이든 어차피 넌 내 차지야. 문제는, 네가 정말 재수가 없을 경우지. 그러면 아리따운 내 동생에게도 빵 한쪽이 떨어지거든. 그건 그러니까, 네가 죽기 전에 미칠 거라는 뜻이야. 그 경우 시나리오는 이래. 너는 몇 주 동안 뗏목을 타고 바다 위를 떠다니게 될 거야. 무자비한 태양에 뇌는 말라비틀어지고. 물귀신도 좀 마주치고, 어쩌면 네 바이올린 선생의 목소리로 말하는 죽은 네 할머니가 나타나거나, 뭐 대충 그런 식이겠지. 그러다가 너는 네 몸을 뜯어먹기 시작할 거야."

죽음은 어깨를 한 번 으쓱하고는 갑판 위에 주사위를 던졌다. "안됐군. 이건 내 뜻이 아니야. 그러니까…… 음, 광기 때문이라고."

그는 뼈만 남은 집게손가락을 들어 관자놀이 부근에 대고 빙빙 돌렸다. 물론 그전에 주사위를 던져 데멘티아가 보고 있는지 확인하는 것도 잊지 않았다. 둘 다 6이었다.

"보다시피 난 최선을 다하고 있어." 죽음이 다시 주사위를 던졌다. 이번에도 6, 6.

"둘이서 지금 게임을 하는 거야, 나를 걸고?" 귀스타브는 마침내 용기를 내어 질문을 던졌다.

"그게 무슨 소리지? 넌 지금 우리가 한가하게 주사위놀이나 하자고 바다 한가운데 떠도는 난파선에 올라탄 줄 알아? 이 와중에? 샴쌍둥이 토네이도가 몰아치는 이 밤에? 우리는 지금 죽고 사는 문제를 다루고 있는 거라고, 젊은 친구." 죽음이 세번째로 주사위를 던졌다. 또다시 6, 6. 죽음이 탁탁, 손뼉을 쳤다. 그것은 마치 관 위에 연필이 떨어지는 소리처럼 들렸다. 데멘티아가 새된 소리로 비명을 질렀다. 귀스타브는 목덜미의 털이 모두 쭈뼛 서는 걸 느꼈다.

"재수가 좋군!" 해골이 말했다. "자, 아들아, 그럼 이제 네 영혼을 놓아주겠느냐?"

귀스타브는 온몸이 오싹해졌다. "내 영혼을 놓아달라니? 그게 무슨 소리지? 어떻게 하라는 거야?"

"글쎄, 방법이야 아무래도 상관없지!" 죽음은 손으로 뭔가 내던지는 시늉을 했다. "물에 뛰어들어 죽든지, 밧줄을 가져다가 목을 매달든지. 저 앞에 멋지고 예리한 단검도 한 자루 있군. 혹시 할복이라는 일본의 아름다운 전통에 대해 들어본 적 있나?"

"그러니까 지금 나더러 내 목숨을 끊으라는 거야?"

"물론이야. 너 말고 또 누가 하겠어? 나? 나는 죽음이지, 자객이 아니라고." 오빠의 유머에 데멘티아가 과장되게 웃었다.

"대체 내 영혼으로 뭘 하려는 건데?" 귀스타브가 물었다. 대답이 궁금한 건 아니었다. 조금이라도 시간을 벌어야 했다.

"아, 우주로 가지고 날아가 태양 속에 집어던질 거야. 다른 영혼도 다 그렇게 했어." 죽음이 잠깐 설명했다. 거만한 그 목소리에는 약간의 동정심이 묻어 있는 것도 같았다. "하늘 위 저 태양이 저토록 끊임없이, 저토록 밝게 타는 이유가 뭐라고 생각하나? 태양 없이 생명은 없고, 생명 없이 영혼은 없어. 그리고 영혼 없이 태양은 있을 수 없지. 이게 바로 영원한 우주의 순환이라는…… 으악!" 마치 눈이 없어도 볼 수 있는 것처럼 해골의 시선에는 잔뜩 화가 실렸다. 데멘티아가 그의 복숭아뼈를 걷어찬 것이다.

죽음은 뼈만 남은 손가락을 흔들어 훤히 드러난 이빨에 대고 부채질을 했다. "이런, 우주의 비밀을 누설해버리다니! 하지만 뭐, 별 탈이야 있겠어? 네가 책을 쓸 것도 아닐 테고 말이야. 안 그래?" 흉측한 남매는 그 농담이 특별히 재미있어서라기보다, 그것조차 그들의 레퍼토리인 양 기계적으로 웃어댔다.

"내가 반항해도 아무 소용 없다, 뭐 그런 뜻인가?" 이제 귀스타브의 목소리에 전 같은 패기는 없었다. 그렇게 질문해서라도 시간을 좀 끌어볼 작정이었다. 달리 무슨 방법이 있겠는가? 물속에 뛰어든다? 스스로 알아서 죽어주는 것, 아마 그게 죽음이 바라는 바일 것이다.

죽음은 고개를 저었다. 그의 목뼈 마디마디에서 서걱거리는 사포질 소리가 났다. "그래. 안됐지만……" 애석한 듯 그가 말했다.

"아니. 꼭 그렇지는 않아!" 데멘티아가 찢어질 듯한 목소리로 외쳤다.

"넌 좀 닥치고 있어!" 죽음이 동생에게 목소리를 낮추어 말했다.

"내 일을 망쳐놓으면 오빠도 똑같이 당할 줄 알아!" 데멘티아도 씩씩거리며 응수했다.

"멍청한 미친년!"

"순 뼈다귀뿐인 주제에!"

죽음이 꿍해서는 바다 쪽을 바라보았다.

데멘티아의 번쩍이는 눈이 귀스타브를 향했다. 그가 보기에 그녀의 동공은 모양과 색깔을 계속 바꾸는 만화경처럼 천천히, 그리고 끊임없이 빙글빙글 도는 듯했다.

"분명 방법은 있어, 꼬마야. 임무에 대해서 오빠한테 한번 물어봐!" 유리가 깨어지는 듯한 그녀의 웃음소리가 허공에 울려퍼졌다.

"데멘티아!" 죽음은 버럭 화를 내며 두르고 있던 망토를 걷어올렸다. 하지만 곧 체념한 듯 어깨를 늘어뜨리며 민숭민숭한 머리를 떨구었다.

"하는 수 없군." 그가 한숨을 내쉬었다. "한 가지 길이 있기는 하지.

하지만 여태껏 그 길을 걸어간 사람은 아무도 없어. 그런 걸 물어본 사람이 하나도 없었으니까. 어쨌든 지금까지는 말이야." 분노를 억누르는 그의 목소리가 가늘게 떨렸다. "예쁘긴 한데 안타깝게도 좀 모자라는 저 동생년 때문에……"

"말조심해!" 데멘티아가 다시금 파르르해서 오빠에게 집게손가락을 들어 경고했다. 다른 한 손에 꼭 쥐고 있는 주사위를 당장이라도 오빠에게 집어던질 기세였다.

뼈다귀뿐인 죽음이 부드득부드득 혐오스럽게 이를 갈았다.

"임무는 다섯 가지야." 그가 끙, 소리를 내며 말했다.

"뭐, 다섯 가지?" 귀스타브가 떨리는 목소리로 되물었다.

"그럼 여섯 가지로 하지!"

귀스타브는 움찔해서 얼른 입을 다물었다.

"**임무 하나**, 용의 손아귀에서 아리따운 처녀 하나를 구해내는 것."

마치 뭔가 비슷한 예상이라도 하고 있었다는 듯 귀스타브는 고개를 끄덕였다.

"**임무 둘**, 유령이 우글거리는 숲을 통과해."

"유령이 우글거리는 숲을 통과하라." 귀스타브는 나지막이 중얼거리며 머릿속에 깊이 되새겼다.

"……되도록 네 존재가 눈에 잘 띄도록 행동하면서 말이지!" 죽음이 덧붙였다.

귀스타브는 낮은 한숨을 내뱉었다.

"세번째는……" 죽음은 한참을 끙끙댔다. 생각이 잘 나지 않는 모양이었다. "그게, 그러니까, 세번째 임무는……" 그가 손가락으로 관자놀이를 톡톡 두드리며 중얼거렸다. 귀스타브는 긴장해서 귀를 쫑긋

세웠다.

번뜩 떠올랐는지 느닷없이 해골이 몸을 곧추세우며 말했다. "**임무 셋**, 거인 셋의 이름을 알아맞히는 것."

"거인의 이름을 셋씩이나!" 귀스타브가 항의했다. "그건 좀……"

"그럼 다섯으로 하지!" 해골이 냉큼 받아쳤다.

"내 말은 그저……"

"여섯!" 죽음이 주먹으로 갑판 난간을 내리쳤다.

귀스타브는 아랫입술을 꽉 깨물고 다짐했다. 이제부터는 절대 입을 열지 않으리라.

"임무 넷…… 네번째는…… 음……" 임무를 하나하나 생각해내는 일이 죽음에게 점점 더 버거운 모양이었다.

"오빠의 상상력은 정말 형편없다니까!" 데멘티아가 비아냥거렸다. "영혼을 불태워버리는 일이라면 꽤 하는 편인데. 독창적인 사고만 하려면 그만……"

"괴물들 중에서도 가장 무시무시한 괴물의 이빨 하나를 가져오는 것!" 죽음이 쩌렁쩌렁한 목소리로 동생의 말을 가로막았다. "그게 **네번째 임무**야."

"좋아. 그럴게!" 귀스타브는 고개를 숙인 채 오기가 나서 생각했다. '또 있나?'

"그럼! 또 있고말고!" 죽음이 버럭 호통치는 바람에 귀스타브는 자신도 모르게 움찔했다. 저자가 내 생각을 읽는 건가?

"다섯번째 임무는……"

'괴물, 용, 거인, 유령……' 귀스타브는 생각했다. '그보다 심한 게 뭐 있겠어?'

죽음은 벌써부터 단단히 목소리를 깔았다. "잘 들어, 젊은 친구, 이 다섯번째 임무가 제일 어려울 테니까. **임무 다섯**, 너 자신을 만날 것!"

'뭐? 그건 단순히 어려운 문제가 아니잖아. 불가능한 일이라고!' 귀스타브는 어찌할 바를 몰랐지만 감히 이의를 달 엄두가 나지 않았다.

죽음이 일어나서 망토를 걷어올렸다.

"자, 그럼." 자신이 그토록 훌륭한 임무들을 생각해냈다는 사실이 뿌듯한 듯, 그는 한결 부드러워진 목소리로 명령했다. "달에 있는 내 집으로 와. 거기서 나의, 에, 사람들을 홀리는 매력이 있는 내 여동생과 함께 너를 기다리겠어. **여섯번째이자 마지막 임무**는 거기서 전하기로 하지. 네가 그곳까지 올 수 있다면 말이야."

"달에서 산다고?" 귀스타브가 감탄하며 물었다.

"그래." 죽음은 한숨을 쉬었다. "요즘은 인간들에게서 떨어져 조용히 살 만한 곳이 거기밖에 없더라고. 전에는 북극의 얼음성에서 살았는데, 거기도 여행객이 하나둘 기어들어와서 말이야. 극지대 연구가, 탐험가, 모험가, 뭐 그런 자들 있잖아. 영하 오십 도 빙판에서 무슨 모험을 하겠다는 건지, 참. 하여튼 난 지금 달에서 살고 있어. 고요의 바다 가장자리야. 뭐 어차피 고요의 바다 주변에는 우리집뿐이니까. 정확히 말하자면 달 전체에서 유일한 집이지. 헛갈릴 염려는 없을 거야."

적막한 집을 떠올린 듯 데멘티아가 한숨을 내쉬었다. "나는 사람들 사이에 섞여서 살고 싶어. 사실 그 탐험가들도 그다지 싫지 않았다고. 그런데 괴팍한 오라버니가 괜히……"

그녀의 말을 죽음은 거친 손짓으로 가로막았다.

"그럼 달에서 봐. 오늘밤 끝자락에!"

"하지만 너무 어려운 임무야." 귀스타브는 신음하듯 중얼거리며 머리를 긁적였다.

"그게 바로 인생이지." 죽음이 고개를 끄덕였다. 목소리는 한결 부드러워져 있었다. "고단하고 허망한 것, 그저 먼지를 일으키기 위해 끊임없이 무른돌을 갈아대는 것처럼 부질없는 게 바로 인생이라고. 너한테야 나 좋자고 하는 얘기로 들리겠지만, 나 같으면 깨끗이 자살하는 쪽을 택할 거야."

"오빠가 인생에 대해 뭘 안다고 그래?" 데멘티아가 목소리를 낮추어 심술궂게 말했다.

죽음은 그녀를 무시하고 말을 이었다. "자, 귀스타브, 시험에 응하겠느냐, 아니면 차라리 저 앞 돛대에 목을 매달겠느냐? 그게 너한테도 훨씬 속 편하고 우리 모두를 위해서도 시간을 아낄 수 있는 선택일 텐데."

그는 밧줄 한 가닥을 귀스타브에게 내밀면서 있지도 않은 안면 근육을 최대한 움직여 격려의 미소를 지어 보이려고 애썼다.

"아니. 됐어!" 귀스타브는 두 손을 내저었다. "시험에 응하겠어."

"좋아." 죽음이 한숨을 내쉬었다. "힘겹고 지루하고 가망 없는 여행을 택하겠다는 얘기군." 그는 집어들었던 밧줄을 등뒤의 난간 너머로 휙 집어던졌다. "원한다면 할 수 없지. 그럼 지금 당장 고통받는 처녀들의 섬으로 떠나야 할 거야. 요즘에는 거기나 가야 불을 뿜는 용의 마수에 걸린 아름다운 처녀들을 만날 수 있으니까."

불을 뿜는 용이라니, 그런 말을 한 적이 있던가? 그런 기억은 없는데……

"고통받는 처녀들의 섬, 좋아. 그런데 거기까지는 어떻게 가지?" 귀스타브가 망설이며 물었다. "배는 부서졌고, 난 그 섬이 어디 있는지도 몰라!"

"그거야 간단하지. 자 이렇게!" 죽음은 손가락을 여유 있게 탁 튕겼다.

다음 순간 귀스타브가 깨달은 결정적인 변화는 세 가지였다. 첫째, 자신이 더이상 해골 남자와 그의 미친 여동생과 함께 침몰하는 배에 있지 않고 허공에 떠 있다는 것. 둘째, 자신이 갑옷을 입고 머리에 투구를 쓰고 손에는 창을 들고 있다는 것. 그리고 마지막으로 자기가 어떤 짐승 위에 올라타고 있다는 것. 어찌 보면 사자 같기도, 또 어찌 보면 말 같기도, 또 독수리 같기도 한 짐승이었다.

"네 질문에 미리 답하자면 말이지." 짐승이 말했다. "나는 그리핀* 이라고 해. 너를 고통받는 처녀들의 섬으로 데려가라는 명을 받았지. 뭐, 정확히 말하자면 우린 이미 그곳에 있는 거지만."

아래를 내려다보니 발밑으로 눈부시게 아름다운 봄 풍경이 펼쳐져

---

* 독수리의 머리와 날개에 사자의 몸을 한 상상의 동물.

있었다. 귀스타브는 꽃들이 지천으로 핀 야생의 기름진 초원과 그림자를 드리운 나무들, 유리처럼 영롱한 냇물을 보았다. 어린 까치들과 다른 작은 새들이 강기슭 위를 어지러이 맴돌며 날벌레들을 쫓아 연신 부리질을 하고 있었다.

"그럼 넌 죽음의 종이야?" 귀스타브가 물었다.

"우리 모두가 그의 종이 아니었던가?" 그리핀이 음울하게 되물었다.

그들은 한동안 아무 말이 없었다.

"그 처녀들은 대관절 어디 있는 거지?" 이윽고 귀스타브가 입을 열었다.

"걱정 마." 그리핀이 신음하듯 말했다. "곧 보게 될 테니까. 먼저 이 섬에서 처녀들이 없는 곳을 몇 바퀴 돌아보는 게 좋을 것 같아. 좀 쉬기도 할 겸. 넌 방금 막 샴쌍둥이 토네이도에게서 벗어났잖아. 그리고 침몰하는 배와 광기와 밧줄에서도."

"고마워! 넌 아주 세심하구나."

"뭘. 인정하기 싫지만 어느 정도는 나 자신을 보호해야겠다는 생각 때문이기도 해……" 그리핀이 고백했다. "네가 용의 손아귀에서 처녀를 구할 때 혼신을 다해 도우라는 명령을 받았거든."

"잘됐구나. 난 아직 한 번도 처녀를 구해본 적이……"

"나도 마찬가지야!" 그리핀이 걱정스런 목소리로 그의 말을 잘랐다. "나도 마찬가지라고!"

그러고는 거세게 날갯짓을 시작했다. 귀스타브가 느낀 것이라곤 귓전을 스쳐간 바람뿐이었다. 이상한 긴장감이 급속도로 고조되었다.

"시작하자! 빨리 끝낼수록 좋잖아." 그리핀이 느닷없이 엄청난 각도로 몸을 기울여 나는 바람에 귀스타브는 무거운 갑옷 때문에 뒤로 떨

어지지나 않을까 걱정되어 있는 힘껏 깃털을 움켜쥐었다.

"해안 근처로 가야 해. 처녀들은 대부분 그곳을 배회하고 있지. 용들도 대개 그곳에 진을 치고 있고."

"용들이 거기 있다면 처녀들은 섬 안쪽에 있어야 하는 거 아냐?"

"여자 맘을 누가 알겠어!" 독수리와 사자가 혼합된 피조물이 대구했다.

저멀리 햇빛 부서지는 바다가 눈에 들어왔다. 태양은 높이 떠 있고, 대기는 맑고 따스했다.

"어떻게 벌써 정오가 된 거지? 날씨는 또 왜 이렇게 따뜻한 거야?" 귀스타브가 물었다. 배 위에서만 해도 아직 깊은 밤이 아니었던가.

"이곳은 늘 정오야." 그리핀이 설명했다. "언제나 여름이고. 다 처녀들 때문이지."

"무슨 뜻인지 모르겠어."

"날씨가 늘 적당히 더워야 한다는 거야. 처녀들은 알몸으로 있는 걸 좋아하거든."

"여기 처녀들은 옷을 다 벗고 다닌단 말이야?" 귀스타브는 침을 꿀꺽 삼켰다.

그리핀이 제 승객 쪽으로 고개를 돌려 공모자처럼 은밀하게 윙크를 했다.

"하긴." 그가 말했다. "이렇게 더워서야."

해변에 이르자 그리핀은 약간 오른쪽으로 방향을 틀어 두 날개를 활짝 펴고 부드러운 바닷바람을 받으며 암석으로 둘러쳐진 해안을 따라 빙 돌았다. 아래쪽에 보이는 것이라고는 깎아지른 듯한 기암절벽과 포말을 일으키며 바위 밑에 부딪히는 초록빛 파도가 전부였다. 이따금 작은 만과 좁은 모래사장이 나타났지만 그것도 잠시, 해변은 또다시 바위, 바위, 바위로 이어졌다.

"처녀들은 어디 있지?" 조급한 마음에 귀스타브가 물었다.

"저기 있잖아, 너의 처녀들 말이야." 한숨을 내쉬듯 그리핀이 대답했다. "저 앞 오른쪽을 봐…… 앗, 떨어지지 않게 조심해!"

귀스타브는 처음에 암벽 위로 보이는 하얀 점들이 둥지를 튼 갈매기들인 줄 알았다. 그러나 가까이 다가갈수록 그 점들은 한 무리의 젊은 여인들로 바뀌었다.

아닌 게 아니라 그들은 죄다 옷을 걸친 둥 만 둥 하고 있었다. 하나같이 아름다운 몸매를 자랑하는 그들은 허리에 천을 두르거나 머리장식을 하기도 했지만, 어쨌든 대부분 알몸뚱이였다. 귀스타브는 숨이 목까지 차올랐다.

"꼭 잡으라니까!" 그리핀이 소리쳤다. "정신 놓으면 안 돼."

"살려줘요!" 귀스타브를 본 처녀들이 다투어 소리쳤다. "살려줘요! 제발 도와주세요!" 그러면서 그들은 깔깔거리며 웃고 있었다. 서로 팔꿈치로 쿡쿡 찌르며 킥킥거리기도 했다.

"넘어가지 마. 놀리는 거야." 그리핀이 말했다. "저들은 용의 손아귀에는 절대 붙잡히지 않는 처녀들이야. 우리랑은 상관없다고."

"우리랑 상관이 없어?" 귀스타브는 안타까운 듯 신음소리를 냈다. "그런데 무기는 왜 가지고 있는 거지?"

"그야 용 때문이지. 용들을 사냥하려고."

"처녀들이 용을 사냥한다고? 난 그 반대인 줄 알았는데."

"무슨 소리! 처녀들이 용을 사냥하는 거야. 저 창으로 용을 죽여서 잡아먹지. 그뿐이 아니야. 버리는 것 하나 없이 활용한다고! 가죽을 벗

기고 살은 조각조각 저민 다음 삶아서 다시 소금에 절이지. 기름으론 자외선 차단크림을 만들고. 알다시피 여긴 늘 여름에다 정오니까. 비늘은 다듬어서 빗을 만들고 혓바닥으로는 소시지를 만들어 먹어. 심지어 눈까지도 안 버리고 다 쓴다니까. 그걸 삶아서는……"

"그만!" 귀스타브는 그리핀의 말을 막았다. "그렇다면 왜 이곳을 고통받는 처녀들의 섬이라고 부르는 거지? 저들에겐 도대체 고통 비슷한 것도 없는 거잖아."

"그야 물론 처녀들이 직접 지은 이름이니까 그렇지! 그럼 용을 잡아먹는 처녀들의 섬이라고 하겠어? 아니면 아예 이무기 가공 아마조네스 사업본부라고 부를까?" 그리핀은 목쉰 소리로 키득거렸다. "그랬다면 용의 손아귀에서 처녀들을 구하기 위해 이곳을 찾는 용감한 청년은 아마 하나도 없을걸. 이제 알겠어?"

"하지만 방금 넌 처녀들이 용을……"

"그래. 어쩌다가 역습에 성공하는 용이 있기는 하지. 어떤 처녀가 사냥하던 무리에서 이탈한다든가 창을 잃어버린다든가 뭐 그럴 때 말이야. 하필이면 그때 용이 그곳을 지나가고 있었다든지 뭐 그럴 수도 있으니까! 어쩌다 그런 일이 생기면 멍청한 용들은 야단법석을 떨지. 순전히 운이 좋아 잡은 처녀를 며칠씩 바위에다 사슬로 묶어두고 우쭐해서는 동료들에게 뻐기고 사방에다 큰 소리를 쳐대기 일쑤야. 조금만 더 영리하다면 당장 처녀를 먹어치우든가 자기들이 당하는 것처럼 줄을 짤 텐데!"

그리핀은 한숨을 푹 내쉬고 나서 말을 이었다. "그런데 꼭 그럴 때 번쩍이는 갑옷을 입은 코흘리개가 나타나서는, 아, 미안, 꼭 너를 두고 하는 말은 아냐! 그러니까, 용들에게 최후의 일격을 가하는 거야. 글쎄, 내 생각엔 아무래도 이 섬을 고통받는 이무기들의 섬이라고 부르는 게 좋을 것 같아. 용 크림이 피부 노화 방지에 좋다고 소문이 나는 바람에 처녀들이 심지어 용을 사육하는 일도 심심찮게 있다더군."

"정말로 그렇다면 용 한 마리 죽이는 것쯤은 그리 대단한 일도 아닐 것 같은데."

"그렇기는 하지. 일단 우린 저쪽으로 날아갈 거야. 그러면 너와 용은 서로 슬슬 약을 올리겠지. 놈은 네 머리를 삼키려 할 테고, 너는 적절한 기회를 노려 놈의 목에 창을 꽂게 될 거야. 하지만 네 임무는 그게 아니야."

"아니면? 그럼 뭐지?"

"지금은 말할 수 없어. 말해서도 안 되고. 곧 너 스스로 알게 될 거야."

"여기예요!" 아름다운 여인들이 소리를 질렀다. "도와줘요! 우릴 좀 도와주세요!" 그들은 또다시 한바탕 웃음을 터뜨리다가 두 손으로 입을 가리고 낄낄거렸다.

귀스타브는 그 괴이한 광경에서 눈을 뗄 수 없었다. "하지만 정말로 도움이 필요한 건 아닐까?"

그리핀은 힘찬 날갯짓만 몇 차례 할 뿐이었다. 군데군데 모여 있는 처녀들의 모습은 다시 갈매기들의 서식지 같은 작고 하얀 점으로 바뀌었다. 더는 보이지 않을 때까지 그들 쪽으로 고개를 돌리고 있다가 귀스타브는 하마터면 목을 삘 뻔했다.

그는 세차게 날개를 치며 해안선을 따라 날아가는 거대한 새의 등 위에 마비된 듯 앉아 있었다. 지금껏 한 번도 저토록 많은 여자의 나신을 본 적이 없었다. 아니, 더 정확히 말하면 그는 아직 단 한 번도 벌거벗은 여자를 본 적이 없었다. 어쨌든 실제로는 말이다. 지금까지 그가 본 여자의 나신이라면 기껏해야 박물관에 걸린 유화나 조각상이 전부였다. 그런데 지금 저 여인들은 눈앞에서 살아 움직이고 있지 않은가!

"이제 섬의 중심부로 가자!" 소리치는 그리핀의 목소리에 웬지 모를 비장함이 서려 있었다. 귀스타브는 퍼뜩 미몽에서 깨어났다. "용을 가공하는 공장들이 있는 곳이야."

암벽으로 이루어진 해안선을 지나자 갑자기 하늘을 찌를 듯 뾰족하게 솟아오른 새하얀 대리석 탑들이 나타났다. 빽빽이 들어선 그 탑들은 화려한 아라베스크 문양, 반¢ 부조와 기하학적 무늬의 타일 들로 장식되어 있었다.

웅장한 기둥이 죽 늘어선 주랑을 따라가다보니 웬만한 대성당보다 널찍한, 아무도 없는 홀이 나왔다. 홀 중앙에는 화강암의 원통형 보루가 하늘 높은 줄 모르고 우뚝 솟아 있었다. 그 밑 지하로 이어진 갱도에서 축축한 연기가 피어올라, 탑과 다른 건물들은 마치 구름 위에 지어진 듯한 인상을 풍겼다.

"요정들의 궁전인가?" 귀스타브는 경탄에 차 소리쳤다.

"아니, 용즙 공장이야." 그리핀이 차갑게 대꾸했다. "포획한 용들을 여기 용즙기에서 짜낸 다음 그 즙을 초고온으로 가열하고 마지막으로 멸균 처리해서 용기에 담지. 맛은 끔찍하지만 매일 1리터씩 마시면 영원히 죽지 않는다는군. 굉장한 대박 사업이잖아?"

사실 귀스타브는 일찍부터 공장의 상품 제조 방식에 큰 매력을 느끼고 있었다. "그런데 일하는 사람들은 왜 안 보이지?"

"작업은 완전히 자동화되어 있어. 초현대적인 기술이지. 꼬마 주인님, 이게 바로 우리 미래야. 우린 지금 산업혁명의 시발점에 있는 거라고. 기관차를 타고 달까지 날아갈 날도 그리 멀지 않았어."

달. 그리핀의 그 말에 아직 끝마치지 못한 임무들이 떠올라 귀스타 브는 언짢아졌다.

"내가 구해야 할, 위기에 처한 처녀는 대체 어디 있다는 거야?"

눈앞을 가리는 자욱한 연기구름을 헤치고 나오자 발아래로 또다시 망망대해가 펼쳐졌다.

"자, 이제." 그리핀이 말했다. "저 바닷속에서 무언가 요동치는 게 보일 거야. 보여?"

귀스타브는 눈을 가늘게 뜨고 그리핀이 말하는 곳을 찾아보았다.

"그래. 무슨 여울 같은 거야? 아님 소용돌이?"

"용들이야."

그들은 좀더 아래로 내려갔다. 이제 해안에서 분주히 돌아다니거나 널찍한 바윗돌 위에 사지를 쭉 뻗고 누워 햇볕을 쬐고 있는 비늘 덮인 이무기들을 확실하게 알아볼 수 있었다. 놈들은 몸집만 어마어마한 게 아니라, 오로지 인대와 근육과 단단하고 무성한 비늘로만 이루어진 듯 힘이 세고 또 사악해 보였다. 그뿐만이 아니었다. 바닷속에서도 해변 에 올라와서도 그 육중한 체구로는 도저히 상상할 수 없을 만큼 동작 이 날렵하고 우아했다. 그들은 패검처럼 예리하고 커다란 이빨과 발톱 을 가진, 살아 있는 무적의 전투 기계였다. 이런 상황에서 무딘 창 하나 로 저들을 상대해야 한다고?

"어디 있더라……" 그리핀이 중얼거리면서 눈을 가늘게 떴다. "어 디……"

"뭐 말이야?"

"아, 찾았어!" 신화 속 괴수가 환호했다. "저 앞쪽을 봐! 저기 있잖 아, 위기에 빠진 처녀 말이야!"

귀스타브는 허리를 굽히고 눈을 가늘게 떠 시선을 모았다. 그랬다, 과연 암벽의 발치에 처녀 하나가 쇠사슬에 묶여 있었다.

그리고 과연, 그녀가 묶여 있는 바위 아래 파도가 만들어내는 포말 속에서 길이가 5, 6미터는 족히 될 것 같은 용 한 마리가 수면 위로 떠올랐다 물속으로 가라앉기를 반복하고 있었다. 보기에도 섬뜩한 발톱과 이빨에 날개까지 달린 초록빛 비늘의 괴물이었다.

"그래! 놈이 처녀를 잡아먹을 것 같은데!" 귀스타브가 소리쳤다. 용은 파도를 타고서 울부짖는 여인에게 미끄러지듯 다가가 주둥이를 쩍 벌렸다.

"어림없는 소리! 그냥 그러는 척하는 것뿐이야!" 그리핀이 말했다.

그 말이 맞는 것 같았다. 처녀의 코앞까지 다가간 용은 돌연 물속으로 들어가 몸을 뒤채더니 금세 다시 큰 파도가 밀려올 때 으르렁거리며 추한 대가리를 내밀었다. 물론 그것도 정신없이 날뛰어 처녀를 공포에 몰아넣고 겁을 주려는 것에 불과했다.

"그래도 우리가 제때 오긴 한 것 같군." 그리핀이 말했다. "자, 그럼 시작해볼까? 이제 저 괴물을 향해 창을 겨눠!"

귀스타브는 창끝을 밑으로 향해 용을 겨누었다. 그리핀은 곧장 아래로 내려갔다. 벌써부터 침입자들의 냄새를 맡고 있던 용은 주둥이를 한껏 벌려 그들을 맞았다. 포효하는 주둥이에서 자욱한 연무가 뭉게뭉게 피어올랐다.

"불을 뿜기 전에 놈을 잡아야 해!" 그리핀이 소리쳤다.

잠깐, 불을 뿜는다고? 귀스타브는 그사이 까맣게 잊고 있었다. 용이 그르렁 소리가 나도록 숨을 깊이 들이마셨다. 몇 리터는 족히 되는 끈끈한 침이 고인 듯 역겨운 소리가 진동했다.

용의 머리를 겨눈 창이 불과 몇 미터를 남겨놓고 있을 때, 그리핀이 느닷없이 두 날개를 활짝 폈다. 그길로 귀스타브의 공격도 그치고 말았다. 창은 용의 목에 꽂히는 대신 아슬아슬하게 입가를 스쳤고, 그 틈에 용은 번개처럼 창 자루를 물고 늘어졌다.

창은 그대로 두 동강이 났고, 그리핀의 등에서 떨어진 귀스타브는 몇 미터 아래 허공에서 몇 번인가 뒤집히다가 마침내 바닷속에 거꾸로 처박히고 말았다. 투구와 갑옷 속의 공기 덕분에 얼마간은 수면에 떠 있었지만 이내 꾸르륵거리며 물이 차기 시작했다.

그리핀은 그의 머리 바로 위에서 한가롭고 무심히 날갯짓을 하며 떠돌고 있었다.

"왜 그런 거야?" 귀스타브가 고함쳤다.

"상부의 명령이거든!" 그리핀은 싸늘하게 대답했다.

"나를 돕겠다고 했잖아?" 벌써 입속으로 소금물이 들어와 귀스타브는 꾸르륵거렸다.

"개인적인 감정은 없어." 신화 속 괴수가 애석하다는 듯 소리쳐 대꾸했다. "난 그저 죽음의 종일 뿐이니까."

귀스타브를 에워싸고 있던 거대한 물거품들이 터지면서 바닷물이 얼굴을 덮었다. 그는 가라앉고 있었다. 빠른 속도로 가라앉았지만 깊게는 아니었다. 몇 미터 내려가지 않아 해초들이 춤추는 진흙바닥에 발이 닿았다. 마치 뱃머리에 장식된 은도금 조각상이 가라앉듯 그렇게. 귀스타브는 이 위협적인 상황에서 벗어나려면 뭘 어떻게 해야 할지 알 수 없었다. 아니, 아무 생각도 나지 않았다. 납덩이같은 피로가 엄습해왔다. 바닷물이 그의 눈꺼풀을 부드럽게 감겨주었다.

'아아, 피곤해.' 그는 생각했다. '자고 싶어. 난 거친 바다 위를 떠돌아다니다가 샴쌍둥이 토네이도에 쫓겼지. 죽음에게 도전해 그리핀의 등에 올라탔어. 그렇게 하늘을 날며 수많은 여인의 나신을 보기도 했지. 그리고 용과 싸웠어. 그리고 마침내 이렇게 바다 밑바닥에 가라앉았어. 이젠 그냥 여기 누워버리고 싶어. 아, 자고 싶어.'

소금물은 따뜻했고, 갑옷 차림으로 바다 밑바닥에 못박혀 있는데도 거의 무게를 느낄 수 없었다. 귀스타브는 눈을 깜박였다. 조금만 있으면 영원히 눈이 감기리라. 그때 별안간 찬연한 색색의 띠들이 눈앞에 나타났다. 그는 힘겹게 눈꺼풀을 들어올렸다. 눈앞에서 용암처럼 붉게 반짝이는 해파리 한 마리가 투명한 노란색 촉수 수백 개를 흔들며 춤을 추고 있었다.

해파리의 춤사위는 조화롭고 우아한데다 놀랍도록 가벼워서, 여태껏 그토록 아름다운 것은 본 적이 없노라 단언할 수 있을 정도였다. 그 투명한 몸체가 이따금 거의 알아차릴 수 없을 만큼 살짝 튀어오를 때면, 너무나도 여린 물결이 부드럽게 찰랑거리며 투명한 촉수 사이사이를 돌아다녔다. 그러는 중에도 그 바다의 메두사는 끊임없이 화려한 피루엣*을 펼쳐 보였다. 물결에 흔들리는 촉수들을 내뻗으며 아래로 가라앉았다가 다시 떠오르고, 또다시 빙그르르 우아하게 제자리를 맴돌았다. 그것은 어디선가 들려오는 나지막한 멜로디에 맞추어 움직이고 있었다. 바닷속에 울려퍼지는 애잔한 선율에 귀스타브는 아이올로스의 하프를 떠올렸다.

"아이올로스의 하프가 아닙니다. 해마의 울음소리예요." 파르르 가볍게 몸을 떨며 해파리가 웃었다. "물속에서는 음악처럼 들리지요. 아

---

* 발레에서 한 발을 축으로 팽이처럼 도는 동작.

름답죠, 그렇죠?"

"너는 누구지?" 귀스타브가 물었다. 그 순간에는 자신이 바닷속에서 입도 벌리지 않고 말하고 있다는 사실뿐 아니라 해파리가 자신에게 말을 하고 있는 것마저 자연스럽게 느껴졌다.

"나는 마지막 해파리예요!" 물결에 흔들리던 메두사가 그렇게 대답하면서 장식문자의 소용돌이무늬처럼 촉수들을 도르르 말았다.

"그러니까, 멸종해가는 해파리 종의 최후의 해파리라는 거야?"

"아뇨. 당신이 보는 마지막 해파리라는 거예요."

그 투명한 바다 생물체가 다시 까르르 웃었다. "당신은 지금 익사하고 있어요. 사멸하는 건 바로 당신이라고요."

"나도 알아. 빌어먹을 이 갑옷 때문이지."

"아, 아무 생각 할 것 없어요. 죽는다는 건 아주 간단한 일이니까요." 메두사가 말했다. "문이 하나 있어요. 그 문이 열리면 그냥 안으로 들어가기만 하면 돼요. 그게 다예요. 별일 아니죠 뭐."

"너는 여기서 뭐하는 거지?"

"말했잖아요. 나는 마지막 해파리예요. 익사하는 사람이라면 누구나보게 되는 마지막 해파리. 무료 서비스죠. 저 해마의 노랫소리처럼 말이에요. 불타 죽는 사람들에게는 신문지만한 나비와 클래식이 제공되죠. 자, 이제 눈을 감으세요!"

귀스타브는 순순히 따랐다. 눈을 감자 정말로 커다란 흰색 문이 하나 나타났다. 문틀 위에는 누군가의 흉상이 얹혀 있었다. 천천히 문이 열리고, 벌어진 문틈 사이로 젊은 여인이 나타났다. 그녀를 알아보는데 많은 시간이 필요하지는 않았다.

데멘티아. 죽음의 미친 여동생, 그녀였다. 하지만 침몰하는 아벤투

레에서 본 그 데멘티아가 아니었다. 그녀는 전혀 미친 것처럼 보이지 않았다. 우아하게 땋아 틀어올린 머리, 광기가 거두어진 시선은 한없이 선량하고 다정했다.

"오오, 귀스타브!" 그녀가 소리쳤다. "너였구나! 어서 오렴!"

"익사할 때는 늘 이래요." 해파리가 달콤한 목소리로 읊조리듯 말했다. "약간의 환각, 한없이 사랑스러운 데멘티아, 아름다운 해파리와 은은한 노랫소리. 너무 고통스럽지 않도록 말이죠. 랄랄라!"

데멘티아가 미소지었고, 귀스타브는 자신이 얼마나 그녀의 초대에 응하고 싶어하는지 깨달았다.

"죽음의 미치광이 여동생을 얕봐서는 안 돼요." 해파리가 속삭였다. "최악의 상황에서 구해줄 수도 있으니까요. 익사는 가장 끔찍한 죽음 중 하나라고들 하잖아요."

순간 귀스타브는 데멘티아 뒤에 숨어 있는 죽음의 허연 해골을 보고 말았다. 그것은 흡사 창백한 달처럼, 땋아올린 데멘티아의 머리 위로 비죽 올라와 있었다. 모든 피로가 삽시간에 달아났다. 귀스타브는 눈을 번쩍 뜨고 비명을 질렀다. "안 돼! 아직은 안 돼! 난 이제 겨우 열두 살이라고!" 그의 비명은 불룩한 기포가 되어 투구 위로 떠올라 잠시 수면에서 허우적거리다가 아무에게도 들리지 않게 터져버렸다. 그것은 그에게 남아 있던 마지막 공기였다.

귀스타브가 버둥거리자 그를 에워싼 물살이 점점 더 사납게 요동쳤다. 더불어 그렇게 단아해 보이던 해파리의 움직임도 갑자기 아무렇게나 흐트러졌다. 물살에 휩쓸린 촉수들은 이리저리 뒤엉키고 매끈했던 몸체는 수압에 심하게 눌려 흉하게 일그러졌다.

"크큭!" 쿡쿡 웃는가 싶더니, 해파리는 갑자기 파르르 화를 내며 촉수를 베일 삼아 몸에 휘감고는 바다의 깊은 초록빛 어둠 속으로 사라졌다.

귀스타브는 갑옷을 벗으려고 애썼다. 호크와 지퍼, 가죽끈을 뜯어내자 마침내 흉갑이 풀어져 몸에서 떨어져나갔다. 다음에는 다리와 팔 차례였다. 온몸을 납덩이처럼 짓누르던 갑옷을 벗어버리고 귀스타브는 위를 올려다보았다. 저 위 물 밖에서는 거대한 뱀 같은 용이 포획물을 뜯어먹으려는 악어처럼 계속해서 제자리를 맴돌고 있었다. 그런 중에도 몇 미터씩 되는 화염 구름을 뿜어내 바닷물을 끓였다. 잠깐이라도 수면 밖으로 고개를 내밀었다간 사나운 발톱에 갈가리 찢겨 그대로 잡아먹히거나, 산 채 구워지거나, 끓는 바닷물에 삶아질 것이었다. 용은 피에 목말라 있었다.

귀스타브는 당장이라도 물 밖으로 나가고 싶었지만 온 힘을 다해 참았다. 그리고 몸을 구부려 검집에서 검을 빼들었다. 그러고는 두 손에 검을 쥐고 머리 위로 한껏 들어올린 다음 바닥을 힘껏 발로 차며 수면 위로 튀어올랐다. 황새치처럼 날렵하게 솟아오른 그는 미친듯이 날뛰는 용의 부드러운 배 깊숙이 칼을 꽂았다. 용은 격렬하게 몸부림치며 귀청이 찢어질 듯 울부짖었다. 선홍빛 액체가 바다를 물들였다.

'이게 용즙이구나.' 귀스타브는 생각했고 마침내 수면으로 떠올랐다. "허억!" 그는 허겁지겁 공기를 들이마셨다. 그때까지도 물에서 김이 모락모락 피어오르고 있었다. 군데군데 아직 끓고 있던 곳에서는 거품이 소리내며 터졌다. 귀스타브는 어디로 가야 하는지도 모르는 채 무작정 헤엄쳤다. 그리핀은 아직도 그의 머리 위에서 태평하게 날개를 펄럭이고 있었다.

"난 네게 반전의 기회를 주고 싶었던 거야!" 그리핀이 외쳤다. "거짓말 같아?"

"어쨌거나 다 일부러 그런 거잖아." 귀스타브가 악을 썼다. "어서 날 여기서 꺼내주기나 해!"

"이제는 꼭 그럴 필요도 없지만, 그러지 뭐." 그제야 아래로 내려온 그리핀은 귀스타브의 어깨를 잡아 물에서 건져올렸다.

"뭐 어차피 믿지도 않겠지만, 더 나쁜 상황에서 널 지키려던 거야. 얼마 안 가 다시 바다 밑바닥에서 편히 쉬고 싶다는 생각이 들걸."

"헛소리 집어치워!" 귀스타브가 씩씩거리며 말했다. "그걸 지금 말이라고 하는 거야?"

"벌써 말했을 텐데? 용과의 싸움은 그래도 비교적 편한 임무라고."

더는 잔소리를 듣고 싶지 않아서 귀스타브는 그리핀의 말을 자르고 명령했다. "어서 날 바위 위에 내려놓기나 해! 저 처녀를 사슬에서 풀어줘야 할 거 아냐!"

그리핀은 한숨을 내쉬고는 물이 뚝뚝 떨어지는 소년을 처녀의 발치에 내려놓았다.

귀스타브는 처음으로 처녀를 가까이서 볼 수 있었다. 바람에 물결치는 탐스러운 금발은 허리까지 내려왔고, 우유처럼 하얀 피부와 또렷한 이목구비는 비현실적일 만큼—정말 그랬다. 그녀는 흡사 고대 그리스의 대리석상 같았다—완벽했다. 도무지 흠잡을 구석이 없었다. 그는 더이상 그녀를 쳐다보지 못하고 눈을 내리깔고 말았다. 그녀의 나신은 지금까지 그가 생각해온 예술의 이상理想, 거의 그 극치였다. 그러나 가없은 그녀를 계속 쳐다보는 것은 대단한 무례 같았다.

지금 귀스타브는 난생처음으로 사랑에 빠진 것이었다. 누구에게든 평생 단 한 번밖에 찾아오지 않는 이 감정은 지금껏 그가 경험해온 그

44

어떤 감정과도 비교가 되지 않았다.

이윽고 그는 용기를 내어 눈을 들었다. 처녀가 물빛 파란 눈으로 귀스타브를 빤히 보았다. 그 눈빛은 너무나 많은 수수께끼를 담고 있어서 귀스타브는 그 의미를 얼른 알아차릴 수 없었다. 고맙다는 뜻인가? (어쩌면 벙어리일지도 몰라.) 아니면 수줍음? (내 눈을 똑바로 보지 못하는 것 같아.) 그것도 아니면 정말 날 사랑하는 건가? (그녀의 아득한 시선은 마치 아주 먼 미래의 어딘가에 닿아 있는 듯해.)

"이 애송이, 결딴나는 줄 알았더니……" 마침내 그녀가 차갑고 날카로운 목소리로 말했다. 하지만 그 말은 귀스타브가 아닌 그리핀을 향한 것이었다. 그녀의 시선은 귀스타브를 지나 여전히 날개를 퍼덕이며 그의 주위를 맴도는 괴수에게 고정되어 있었다.

"이게 무슨 멍청한 짓이지? 힘들게 조련한 내 용이 죽었어. 누가 보상할 거야? 하루종일 따가운 햇볕 속에 묶여 있었단 말이야.

짜디짠 저 바닷물을 뒤집어쓰면서 여기 매달려 있었어. 독한 소금물에 피부가 다 짓물렀다고. 햇빛에 그을려 새까매진 거 안 보여?" 그녀는 아무렇지도 않게 제 손으로 사슬을 풀더니 출렁이는 긴 머리칼을 앞으로 끌어모아 알몸을 가렸다.

"손해는 변상받을 수 있을 거야." 그리핀은 아래를 내려다보며 냉랭한 목소리로 말했다. "일이 이렇게 될 줄은 정말 몰랐어. 나도 어쩔 수 없었다고. 난 그저 죽음의 종일 뿐이야. 그가 시키는 대로 할 뿐인걸."

"어차피 우리 모두 종이 아니었나?" 처녀는 자조하듯 내뱉고는 깔깔거리며 웃더니 민첩한 동작으로 암벽을 기어올라갔다. 귀스타브는 아예 거들떠보지도 않았다.

귀스타브는 가슴이 찢어지는 듯했다. 아니, 정말로 가슴이 찢어져 정확히 반으로 나누어지고 말았다. 이로써 영영 돌아오지 않을 아름다운 처녀를 품은 쪽과, 아직은 온전히 그의 것으로 남은 나머지 반쪽으로. 가슴 한복판을 관통하는 그 차가운 균열은 여태껏 느껴본 어떤 육체적 고통보다도 심한 것이었다.

그리핀이 고도를 낮추어 한쪽 날개에 귀스타브를 태웠다. "내가 말했잖아. 살다보면 용보다 더 치명적인 게 있다고. 사랑도 바로 그런 것 중 하나지."

고통받는 처녀들의 섬을 빠져나왔을 때 귀스타브는 시체처럼 뻣뻣하게 굳어 있었다. 옷가지라고 걸친 것도 거의 없었고, 머리칼은 아직도 소금물에 젖어 축축했다. 살을 에는 찬바람도 아랑곳없이 그는 멍한 눈으로, 석회처럼 창백한 얼굴로 그리핀의 등에 미동 없이 앉아 있었다.

"죽음이 이런 네 꼴을 봤다면 아주 좋아했을걸." 이따금 걱정스러운 눈길로 흘끔거리며 귀스타브의 눈치를 살피던 그리핀이 그의 기분을 풀어주려고 애썼다. 만일 그리핀이 없었다면 귀스타브는 그대로 암벽에 주저앉아 그다음으로 잘 훈련된 용에게 잡아먹히기만을 기다리고 있었을지도 모를 일이었다. 한시라도 빨리 다음 임무가 기다리는 곳으로 가는 것이 현명한 처사임을 설득시킨 장본인은 바로 그리핀이었다. 그곳에 새 옷과 새로운 무기, 그리고 다음 여행에 쓸 이동수단이 귀스타브를 기다리고 있다는 것이었다.

섬에서 멀지 않은 곳, 광활한 대륙 한편에 튀어나온 반도에 이르기까지 잔잔한 바다 위를 활공하는 그들의 비행은 순조로웠다. 위에서 내려다보니 내륙 쪽은 황량한 산지가 대부분인 데 비해 반도는 쭉쭉 뻗은 나무들이 숲을 이루고 있었다. 그리핀은 점차 고도를 낮추어 좁고 길게 뻗은 작은 곶에 착륙했다. 그리핀의 등에서 내려온 귀스타브는 앞으로 해야 할 일에 대해 들어야 했다. 그리핀의 일장 연설이 이어지는 내내 귀스타브는 아무 말도 하지 않고 그저 묵묵히 듣고만 있었다. "여기서부터는 육로로만 가야 해. 저 위로는 비행이 불가능하거든. 그리고 나는 애초에 도보 행군용으로 만들어진 게 아니야. 너도 의아하겠지. 대체 하늘에 뭐가 있는데 사악한 요괴와 무서운 괴물이 우글거리는 숲보다 더 위험할 수 있는 거냐고."

귀스타브는 전혀 의아하지 않았지만, 어쨌든 그리핀은 말을 이었다. "그래도 확실히 말해두지. 이곳 하늘은 위험천만 그 자체라고! 여기엔 다른 차원으로 빨려들어가게 한다는 에어포켓들이 있어. 그리고 날아다니는 뱀들과 온갖 고약한 괴물들이 저 땅 위의 창공을 지배하지."

"아무것도 보이지 않는걸." 귀스타브가 시큰둥하게 말했다.

"저 숲 위에서 어른거리는 게 안 보인다고?"

귀스타브는 고개를 끄덕이며 대답했다. "그래, 보여. 하지만 저건 그냥 공기가 뜨거워져서 그런 거잖아. 햇볕이 계속 내리쬐고 있으니까."

"그럴까? 저건 아이올로스의 칼날이야. 마치 유리와 같이. 투명하고, 거의 형체를 알 수 없지만 면도칼처럼 예리해. 저기에 얇게 저며진 다음에야 비로소 실감이 날 거야."

그리핀의 수다에 귀스타브는 금세 피곤해졌다.

"여기서 잠시 쉬어도 돼. 지금쯤 너와 함께 여행할 새로운 친구가 장비를 가지고 이리로 오고 있을 테니까. 곧 도착할 거야." 공중으로 떠오르며 그리핀이 덧붙였다. "아 참! 그 사랑의 열병 말인데, 곧 지나가. 지금 네가 그렇게 아픈 만큼 첫사랑이 얼마나 아름다웠는지 더 빨리 잊을 거야. 지금 당장은 내 말이 귀에 들어오지 않겠지만 곧 알게 될걸. 한번 믿어봐. 사랑은 다 그런 거니까."

귀스타브는 그대로 주저앉아버렸다. 그리고 풀밭 위에 길게 누워 깊은 한숨을 내쉬고는 곧 잠이 들었다.

란한 말발굽 소리가 귀스타브를 깨웠다. 눈을 뜬 그는 잠에 취한 채 고개를 들었다. 맨 처음 겨우 알아본 것은 이쪽으로 다가오는 희미한 형체였다. 네 발 달린 짐승의 하체에 상체는 인간의 모습을 한 듯했다. 또 신화에 나오는 가상의 괴물인가? 그렇다면 켄타우로스?

귀스타브는 눈을 깜박였다. 형체는 점점 더 선명해져 은회색 말이되었다. 숲속에서 달려나오는 기품 있게 생긴 그 말의 등에는 온통 검은색 갑옷과 투구로 무장한 기사가 타고 있었다. 기사는 얼굴 전체를가린 투구에 오른손에는 긴 나무창을, 왼손에는 육중한 모르겐슈테른[*]을 들고 있었다.

귀스타브 앞에 말을 세운 기사는 창을 땅에 박고 헛기침을 했다.

---

[*] 철퇴 머리에 스파이크가 박힌 중세의 무기.

"마지막 임무를 수행할 준비를 해라!" 자리에서 힘겹게 몸을 일으키는 귀스타브를 향해 그가 말했다. 굵고 낮은 음성이었는데, 마치 장비들이 말을 하는 듯 철거덕거리는 금속성 목소리가 몹시 듣기 거북했다.

'마지막 임무?' 귀스타브는 어리둥절해졌다. '이 기사는 또 뭐야?' 기사와의 전투에 대해서는 들은 적이 없었다. 간신히 몸을 일으킨 귀스타브는 팔다리에 붙은 흙과 풀잎들을 털어내면서 새삼 자신이 벌거벗고 있는 것이나 다름없다는 사실을 깨달았다.

귀스타브는 이성적인 대화로 문제를 풀어야겠다고 생각했다. 모르긴 해도 새로운 길동무는 지령을 잘못 전달받은 것이 틀림없었다. 분명 무슨 착오가 있었으리라. 아니면 이 시커먼 작자가 딴에는 환영의 인사랍시고 멍청한 농담을 하는 것이거나.

"좀 들어봐……" 귀스타브가 말했다. 하지만 전의에 불타는 전사는 벌써 말에 박차를 가해 강력한 모르겐슈타인을 붕붕 돌리며 그에게 돌진하고 있었다. 먼지바람이 소용돌이치고 숲이 덤불째 흔들렸다. 내리꽂는 말발굽 소리에 맞추어 땅바닥이 진동했다.

어떻게든 이 상황을 모면해야 했다. 귀스타브는 얼른 칼을 찬 허리께로 손을 가져갔다. 하지만 칼이 있을 리 없었다. 지금쯤 바다 밑바닥에 쓰러져 있을 불쌍한 용의 뱃가죽에 꽂혀 있을 테니까.

"나는 죽음의 종이다!" 흑기사가 호령하더니 말의 옆구리에 다시 한번 박차를 가했다.

"이제는 별로 놀랍지도 않아." 귀스타브는 들릴락 말락 작은 소리로 중얼거리면서 근처에 몸을 숨길 만한 곳이 없는지 필사적으로 찾았다.

모르겐슈테른이 돌아가면서 내는 바람 소리와 요란한 말발굽 소리는 곧 위협적인 음악 소리로 이어졌다. 음악은 말이 뛰어오를 때마다 조금씩 커지고 있었다. 그 사이사이 기사는 괴이한 고함 소리를 절묘하게 섞어넣었다. 검투장, 전쟁터 같은 이런저런 살육장에서 꽤나 효과를 거뒀을 법한 괴성이었다. 귀스타브에게도 예외는 아니었으니, 결국 이제 달아나는 수밖에 없었다. 그는 가까운 숲을 향해 전력질주할 태세를 취했다. 그토록 거창하게 무장한 흑기사가 비집고 나왔으리라고는 믿어지지 않는, 나무가 빽빽한 그 숲을 향해서. 그러나 귀스타브는 그 자리에서 꼼짝할 수 없었다. 바닥에 뿌리를 내리기라도 한 듯 그 자리에서 한 걸음도 떼어놓을 수가 없었다.

잠시 후 아래를 내려다보고 나서야 그는 담쟁이덩굴 두 가닥이 자신의 발목을 칭칭 감고 있다는 걸 알았다. 보통 담쟁이덩굴이 아니었다. 갈색이 도는 초록빛은 주변의 여느 초목과 다를 바 없었지만 그것은 아주 작은 요괴의 얼굴을 하고 있었다. 그뿐만이 아니었다. 작지만 근육질의 상체에 꽃받침을 모자처럼 뒤집어썼고 팔과 손은 튼튼해 보였다. 그리고 하체는 바닥에 단단히 뿌리박고 있었다.

"꼭 잡아!" 어디선가 가느다란 목소리가 들려왔다. "잘 지키라고!"

"알았어!" 다른 목소리가 히죽거리며 대답하고는 귀스타브에게 말했다. "운명을 받아들이는 게 좋을 거야!"

'유령의 숲이구나!' 그런 생각이 귀스타브의 뇌리를 스치고 지나갔다. '난 이미 그 한가운데 들어와 있는 거야.'

귀스타브는 어떻게든 그 우악스런 두 요괴에게서 벗어나려고 했지만 그들은 놀랄 만큼 거센 힘으로 엉겨붙었다.

"마침내 이곳에도 일이 생긴 거야!" 둘 중 새된 목소리가 신이 나서 말했다.

"도망갈 생각은 아예 버리는 게 좋을 거야, 우리가 그냥 내버려둘 리

없으니까!" 다른 목소리도 한마디했다. "우리는 피를 보고 싶다고!"

귀스타브는 다시 흑기사 쪽을 돌아보았다. 그는 바로 코앞까지 와 있었다. 금속성의 고함 소리는 이제 절정에 이르렀고, 말 주둥이의 양쪽 끝에서는 게거품이 일었다.

이제 운명에 순순히 자신을 맡기는 수밖에 달리 방법이 없는 듯했다. 귀스타브는 자기를 향해 달려드는 기사에게서 눈을 떼지 않은 채 무릎을 꿇고 두 손으로 머리를 감쌌다.

그는 각오를 다졌다. 끔찍한 소리를 내며 가슴팍에 창이 꽂히면 저 말과 기사가 나를 짓밟으리라. 그렇게 온몸의 뼈가 바스러지고 나면 흑기사의 육중한 모르겐슈테른이 머리통을 내리쳐 그대로 목이 떨어지겠지. 그것이 곧 그에게 들이닥칠 일에 대한 전적으로 현실적인 판단이었다. 적어도 못된 요괴들이 그의 발을 놓지 않는 한은. 그리고 그들은 그럴 마음이 전혀 없어 보였다.

"너는 죽었어!" 한 요괴가 소리쳤다.

"어서 빨리 네 영혼을 자유롭게 놔주는 게 좋을걸!" 다른 하나도 낄낄거리며 말했다.

그러나 다음 순간, 귀스타브 앞에 벌어진 상황은 이랬다. 말이 난데 없이 속력을 늦추는 듯했다. 아니, 더 정확히 말하면, 말이고 기사고 할 것 없이 모든 움직임이 마치 시간의 브레이크라도 당긴 듯 느릿해 보였다.

흑기사의 고함 소리는 튜바의 낮은 음처럼 비현실적인 느낌을 주며 잦아들었다. 모르겐슈테른을 휘두르던 흑기사의 장갑 낀 왼손은 팔목에서 떨어져나와 모르겐슈테른에 딸려 숲속으로 날아갔다. 모르겐슈테른의 뾰족한 철가시가 자작나무 둥치에 꽂히자 쇠사슬을 붙들고 있던 왼손이 철커덕 소리를 내며 시계추처럼 흔들렸다. 귀스타브는 경악했다. 다음은 오른쪽이었다. 기사의 오른팔이 떨어져나오면서 그 자리에 생긴 검은 구멍 안으로 텅 빈 갑옷 속이 들여다보였다. 그리고 뒤이어 빠져버린 왼쪽 다리는 등자에 걸린 채 바닥에 질질 끌려갔다. 손이 날아가버린 왼쪽 팔과 남아 있던 오른쪽 다리 역시 금방 어디론가 사라지고 말았다. 마지막은 투구를 쓴 머리 차례였다. 투구가 벗겨지자 그 자리 역시 다른 부분들처럼 텅 비었다. 갑옷마저 와르르 무너져내리자 남은 것은 말뿐이었다. 말은 머리를 뒤로 젖히며 세차게 발을 굴렀다. 불과 몇 센티미터를 남겨놓고 말이 귀스타브 앞에 서자, 쇠똥 같은 흙덩이들이 귓가로 날아들었다.

다음 순간 그는 잠에서 깨어났다. 그는 그리핀이 작별을 고하고 떠난 후 쓰러졌던 그 자리에 그대로 누워 있었고, 앞에는 못 보던 말이 한 마리 서 있었다. 말은 악몽에서 본 그 당당하고 늠름한 군마와는 영 딴판이었다. 그 말과는 비교도 안 될 만큼 말라비틀어진데다가 외모 역시 그다지 준수하지 않았다. 말은 발굽으로 바닥을 몇 번 구르더니 숨을 헐떡이며 불안한 듯 이리저리 서성거렸다.

"안녕!" 말이 입을 열었다.

말이 말을 한다는 게 놀라웠지만 최근 벌어진 일련의 사건에 비추어보면 법석을 떨 만큼 대단한 일도 아니었다. 그래서 귀스타브도 잠에 취한 목소리로 대꾸했다.

"그래, 만나서 반갑다!"

"내 이름은 판초야! 판초 산사.*"

---

* 돈키호테의 종자 산초 판사의 이름과 성에서 머리글자를 서로 바꾼 것.

'판초 산사라니. 이름 한번 우스꽝스러운걸! 그런데 어째서 귀에 익은 느낌이지?' 어쨌거나 그 예의바른 태도에 귀스타브도 자기소개를 해야 할 것 같았다.

"내 이름은 귀스타브……"

"……도레." 말이 귀스타브의 말을 받았다. "나도 알아. 난 지금부터 함께할 네 길동무야. 네게 줄 새로운 장비들은, 미안하지만 저기 저앞에 보이는 숲에서 잃어버렸어. 등에 지고 있었는데 무성한 덤불 탓에 떨어져버렸지 뭐야. 거기가 어딘지 알려줄 테니 그 고철이라도 걸쳐. 숲속의 유령들에게 본때를 보여줘야지. 자, 어서!"

끝 귀스타브는 녹음이 우거진 어느 초원에 이르렀다. 판초의
요란한 말발굽 소리에 놀란 한 무리의 노루들이 우아한 동
작으로 달아났다. 귀스타브는 갑옷 차림으로 판초의 등에
올라타고 있었다. 갑옷은 꿈에서 본 흑기사의 것처럼 검지도 무시무시
하지도 않았다. 정교하게 장식된 은제 갑옷은 전에 입었던 것처럼 몸
에 꼭 맞았다.

제자리에서 쫓겨난 이국적인 깃털의 새들은 덩굴식물이 어지러이
뒤엉킨 나뭇가지 사이로 숨어들었다. 바람결에 너울거리던 거미줄이
가느다란 사닥다리를 만들자, 저녁 하늘의 희미한 빛이 그것을 타고
자취를 감추었다. 개똥벌레들이―아니면 도깨비불이었을까?―춤추
기 시작하니 찬란한 오색 소용돌이가 하나둘 허공을 수놓았다.

"이곳이 그 저주받은 숲이구나." 귀스타브가 말했다.

"숲이 내게 주는 게 뭔지 알아?" 판초가 물었다. "닭살이야. 그렇고

말고. 나는 초원에 더 어울리지. 대지, 탁 트인 평원 말이야. 알겠어? 초원이든 들판이든 황야든 곧고 길게 뻗은 곳이라면 내겐 그곳이 바로 길이야. 그런데 숲은 영 아니란 말이지. 산도 그렇지만 숲은 워낙……"

"쉿!" 귀스타브가 말했다. "저 소리 안 들려?"

"소리? 무슨 소리?" 겁먹은 말이 히잉거렸다.

"아, 아니야." 귀스타브가 중얼거렸다. "무슨 소리가 나는 줄 알았어."

대기를 떠도는 희미한 노랫소리 사이로 간간이 나뭇가지 부러지는 소리, 잎이 바스락거리는 소리가 들려왔다. 누가 일부러 장난으로 던지기라도 한 듯 이따금 도토리와 잔가지가 귀스타브의 투구 위로 툭툭 떨어졌다.

"저기도 뭐가 있긴 하겠지." 판초가 속삭였다. "마법에 걸린 숲이잖아."

귀스타브는 아까부터 오래전 말라버린 강바닥을 걷는 느낌이었다. 바닥에는 동그란 자갈이 빼곡했고, 구불구불 급하게 꺾이는 길 양옆으로는 잡초와 잎사귀로 뒤덮인 흙제방이 사람 키만하게 쌓여 있었다. 오래된 관목이 점점 더 빽빽하게 숲을 이루고, 제멋대로 자라난 기이한 떡갈나무들은 억센 가지끼리 서로 엉켜 햇빛을 가로막고 있었다. 얽히고설킨 나무들은 금세 두 여행자의 머리 위로 조금도 빈틈이 없는 아치 천장을 만들었다.

귀스타브와 판초는 의기소침해서 터벅터벅 앞으로 나아갔다. 잠시 후, 다시 한번 하천이 굽어 돌아갔을 지점에 이르자 그들 앞에 전혀 예상치 못한 당혹스런 광경이 펼쳐졌다. 길가에 선 요괴처럼 생긴 떡갈나무 아래 웬 노파가 앉아 있었던 것이다.

지하 세계에서 솟아오른 나무뿌리들이 노파를 둥글게 에워싸고 있었다. 바스러질 듯한 노파를 당장이라도 휘감아 지하 요괴들의 세계로 끌고 갈 듯한 기세였지만, 정작 노파는 그 저주받은 숲이 조금도 두렵지 않은 듯 보였다.

노파는 두 손을 무릎 사이에 찔러넣고 뚫어져라 허공을 응시하고 있었다. 수척한 얼굴, 폭이 넓은 검은 망토를 두르고 머리에 작은 왕관을 쓴 노파는 이 검은 숲으로 추방되어 아사하기만을 기다리는 몰락한 여왕 같은 인상이었다. 노파의 머리 위 나무뿌리에 부엉이 한 마리가 앉아 노파의 고집스런 눈빛을 흉내내고 있었다.

귀스타브와 판초는 늙은 여인을 놀라게 하지 않으려고 천천히, 아주 천천히 그 앞을 지나갔다. 그러나 노파는 귀스타브와 그가 탄 말에는 눈길도 주지 않았다. 노파의 시선은 그들을 관통해, 다가올 엄청난 절망과 비극의 세계를 들여다보는 듯 저 먼 곳에 닿아 있었다.

굽이진 곳을 돌아 그 이상한 노파가 시야에서 막 사라지려고 할 때 귀스타브는 말을 멈춰 세웠다.

"왜 그래?" 판초가 속삭거렸다. "계속 가자. 머리가 돈 할망구야. 상대해봤자 귀찮은 일만 생긴다고."

"이상해." 귀스타브도 속삭였다. "어쩐지 낯이 익어."

그는 힘껏 고삐를 잡아당겨 노파를 향해 말을 돌렸다.

"실례하겠습니다. 전 귀스타브 도레라고 합니다."

"뭐?" 노파는 그 예의바른 인사에 당황한 눈치였다. 텅 빈 시선이 당혹감으로 채워지는가 싶더니 눈꺼풀이 파르르 떨렸다. 그리고 어떤 동작을 하려는 듯하다가 이내 그만두고 말았다.

"도레입니다." 귀스타브가 좀더 큰 소리로 상냥하게 다시 한번 말했다. "귀스타브 도레요."

"이런 제기랄!" 노파가 불쑥 내뱉었다.

"예?"

"귀스타브 도레……" 노파는 혼잣말처럼 중얼거렸다. "하필이면!" 그러더니 뜻 모를 미소를 지었다. "알 수 없는 일이야" 혹은 "영 빗나갔군" 비슷한 말을 웅얼거리는 것도 같더니 빵 부스러기라도 묻어 있는 것처럼 옷을 털었다. 그러고 나자 한결 마음이 가라앉은 듯 보였다. 그리고 귀스타브의 얼굴을 똑바로 바라보며 다짜고짜 언성을 높였다. "너, 지금 여기서 뭐해?"

귀스타브가 듣기에 그 말은 오랫동안 알고 지내던 누군가를 낯선 이국땅에서 우연히 마주쳤을 때나 할 법한 질문 같았다. 어떻게 생각해보면 이런 상황에서 그와 마주친 것이 몹시 못마땅하다는 뜻 같기도 했다.

좀더 가까이 가서야 귀스타브는 노파가 전혀 모르는 사람임을 확인했다. 그랬다, 확실했다. 전에 한 번도 본 적 없는 노파였다. 그저 좀 낯이 익은 듯 느껴지는 것뿐이었다. 그 익숙한 느낌은 좀처럼 사라지지 않았다. 상황이 좀 어이없었지만 귀스타브는 노파의 질문에 가능한 한 성심껏 답하려고 애썼다.

"죽음이 준 임무를 수행하는 중입니다. 더 정확히 말씀드리면 임무들이라고 해야겠죠. 사연이 좀 복잡해요. 그래서 이 숲을 지나가지 않으면 안 됩니다. 이곳을 잘 아세요?"

노파는 좀 크다 싶을 정도로 깔깔거렸다. 웃음소리에는 얼마간의 신경질도 묻어 있었다.

"내가? 잘 아느냐고? 이 숲을?" 그녀는 다시 한번 새된 소리로 웃어젖혔다. 너무 심하게 웃어대는 바람에 사레가 들려 콜록거리기까지 했다. 그러더니 불현듯 눈빛이 진지하고 강렬해졌다. 하지만 그 눈빛에 악의는 없었다. "어디로 가야 할지, 그게 알고 싶은 거지?"

"알려주신다면 도움이 될 것 같은데요." 잠시 생각한 후 귀스타브가 대답했다.

"이제 그런 결정 정도는 스스로 내릴 만한 나이가 되지 않았나?"

귀스타브는 움찔했다. 그런 날카로운 질문이 나오리라곤 미처 생각 못했던 것이다.

"그냥 가던 길이나 계속 가! 나는 너를 모르는 거야. 물론 너도 나를 모르고. 내가 아는 사람인 것 같다는 생각은 다 착각일 뿐이야. 썩 꺼져 버려!"

검은 옷을 입은 노파의 우악스런 태도에 위축된 귀스타브는 그러지 않아도 말을 타고 가던 길을 가고 싶었지만 노파의 마지막 그 말에 멈 칫했다. "그래요. 처음 봤을 때부터 낯이 익다는 생각이 들었어요. 그 런데 어떻게 알았죠? 저는 그런 말을 한 적이 없는데요."

노파는 그의 시선을 외면하고 고집스레 입술을 모았다. "빌어먹을!" 노파가 중얼거렸다.

"당신은 누구죠? 여기 이 어둡고 깊은 산속에서 혼자 무얼 하고 있 는 거예요?"

"나, 나는…… 흠, 숲속의 마녀야. 물론 나쁜 마녀지. 흐흐!" 그녀가 목쉰 소리로 말했다. 하지만 쉽게 믿을 수가 없었다. 무엇보다 그 말을 하는 노파의 시선이 불안하게 흔들리고 있었다. 그뿐만이 아니었다. 그녀는 어쩔 줄 몰라 치맛자락을 움켜쥐고 있었다. 나쁜 마녀라면 그 보다는 더 자신만만할 거라고, 귀스타브는 생각했다.

"사악한 숲속의 마녀가 어쩌다 마음이 좀 여려진 것뿐이야! 그러니

다행인 줄 알고 어서 썩 꺼져버려! 내가 네놈들을 그 뭐냐, 쐐기풀이나 그런 걸로 둔갑시키기 전에. 흐흐흐!" 노파는 눈을 동그랗게 뜨고 앙상한 손가락을 들어 허공에서 휘둘러댔다.

"뭐해, 어서 가자니까!" 판초가 조바심을 냈다. "이곳에서 우린 불청객일 뿐이라고!"

"제가 당신 말을 믿지 않는다면 어쩌실래요?" 귀스타브는 되도록 예의바르고 부드러운 목소리로 물었다. "전에 한 번도 본 적 없는데 어째서 당신이 낯익은 느낌이 드는 걸까요? 설명해줄 수는 없나요?"

노파는 고개를 떨군 채 옷자락을 만지작거렸다. "그래, 설명해주지." 귀스타브가 잘못 본 게 아니라면 그녀는 얼굴을 붉힌 것도 같았다.

"와, 정말요?"

"그래, 그렇다니까……" 노파는 고개를 들어 찬찬히 귀스타브의 눈을 들여다보았다. "좀 장황해지겠지만 어쩔 수 없지…… 하지만 결국 너도 이해하게 될 거야." 불안감에 떨리던 노파의 목소리는 어느새 진정되어 있었다. 진실을 말할 준비가 된 듯했다. 이윽고 그녀가 두 손을 들더니 가느다란 손가락으로 귀스타브를 가리켰다.

"자, 이렇게 상상해봐! 요즘 대도시에서 흔히 볼 수 있는 큰 백화점을 한번 생각해보라고. 네가 거기에 안내 담당으로 고용됐다고 해보자. 왜 있잖아, 손님들에게 남자 양말이 어디 있는지, 뭐 그런 것들을 알려주는, 1층 안내 데스크에 앉아 있는 친절한 사람들 말이야."

귀스타브는 가만히 고개를 끄덕였고, 판초는 깔보듯이 킁킁거렸다.

"너는 아주 오랫동안 이 일을 해왔어. 백화점에 대해서는 누구보다도 훤히 알고 있지. 그런데 얼마 전 백화점 건물을 리모델링하기로 한 거야. 매장들이 죄다 다른 층으로 자리를 옮기고, 어디서나 공사중이지. 어떤 벽은 허물어지고, 또 어떤 벽은 새로 생기기도 하고, 아무튼 백화점은 이제 네가 알고 있던 그곳이 아니야. 너에게 익숙한 그 공간은 없어진 거나 마찬가지라고. 그래, 상상이 좀 되나?"

"예, 상상할 수 있어요."

"좋아! 그런데 말이지, 네가 갑자기 화장실에 가고 싶어진 거야!"

"화장실요?" 뜬금없는 노파의 말에 귀스타브가 되물었다.

"얼른 가자니까." 판초가 속삭였다.

"쉿!" 귀스타브는 눈치를 주었다.

"자, 이제 뚜벅뚜벅 걸어가는 거야. 물론 너는 화장실 가는 길을 잘 알고 있어. 수천 번도 넘게 사람들에게 알려줬을 테니까. 하지만 지금은 사정이 좀 다르지. 어딜 가나 새로 생긴 벽들이 길을 막아서고, 매장들 위치도 전부 바뀌었어. 한참 층계를 오르내리던 너는 불현듯 깨닫게 되지. 화장실이 어디 있는지 모르고 있다는 사실을."

귀스타브는 정말로 그런 상황에 처한 자신을 상상해보았다. 좀 우스꽝스럽긴 했지만 정말 큰일이 아닐 수 없었다.

"그런데 일이 터진 거야. 하필이면 그때 백화점 사장, 그러니까 네 고용주가 다가와 묻는 거지. 화장실이 어디 있느냐고."

노파는 말을 멈추고 귀스타브를 뚫어져라 바라보았다. "알겠어? 그게 바로 지금 우리가 처한 상황이야."

"부우!" 부엉이가 울었다.

귀스타브는 노파의 눈을 마주보았지만, 그 시선이 무엇을 의미하는지는 알 수 없었다. 판초가 짜증스럽다는 듯 투덜거렸다.

"그래도 이해를 못하겠어?" 노파가 느닷없이 말을 던졌다. "나는 네 꿈의 공주야!"

귀스타브는 어리둥절했다. 판초는 여전히 숨가쁘게 힝힝거리고 있었다.

"당신이 내 꿈의 공주라고요?" 귀스타브가 물었다. 최대한 공손하게 말하긴 했지만 미친 노파일 거라는 판초의 말이 맞는 것 같다는 생각이 들었다. 어서 이 대화를 끝낼 적당한 말을 찾아야 했다.

"그게 다가 아니야! 너만의 아주 특별한 꿈의 공주지."

귀스타브는 사실 자신의 꿈의 공주에 대해 전혀 다르게 상상해오고 있던 터였다. 금발이어야 했고, 훨씬 더 젊어야 했다. 굳이 꼭 집어 이야기하자면 방금 전 용에게서 구해낸 바로 그 처녀와 같은 외모여야 했다.

작지만 차가운 비수가 그의 가슴에 꽂혔다.

노파가 한숨을 푹 쉬었다. "잘 들어봐, 젊은 친구. 누구에게나 그 사람의 꿈을 인도하는 안내자가 있어. 남자에게는 꿈의 공주가, 여자에게는 꿈의 왕자가 있지. 우리는 지금 그렇게 부르고 있어, 내가 지어낸 게 아니라. 난 이런 명칭이 부적절하다고 생각하는 사람 중 하나야. 지나치게 미화된 게 사실이거든. 차라리 꿈의 안내자라고 하는 편이 낫지."

노파가 헛기침을 했다.

"그래서 너도 내가 낯설지 않고 친근하게 느껴졌던 거야. 나는 오래전부터 너를 보아왔어. 자주 만나기도 했지. 물론 매번 다른 모습이었지만…… 규정이 그렇거든. 꿈이 달라지면 모습도 달라야 한다! 그래서 이번엔 이렇게 한심한 분장을 하게 됐지." 그녀는 못마땅한 듯 거추장스러운 치맛자락을 잡아당기고 왕관도 톡톡 두드려 보였다.

"너 언젠가 고기로 만든 나무에 올라가는 꿈 꾼 적 있지? 그 꼭대기에 앉아 있던 빨간 까마귀 기억나? 그 까마귀, 그것도 바로 나였어."

귀스타브는 꿈을 기억하는 일이 거의 없었다. 더군다나 빨간 까마귀가 나오는 꿈이라니. "그러면 이게 모두 꿈이라고요? 이 숲, 당신, 그리고 제가 타고 온 이 말…… 이게 다 꿈이에요?"

"나 참 우스워서!" 판초가 씩씩거리며 왼쪽 발굽을 신경질적으로 굴러댔다.

노파는 끙, 신음소리를 냈다.

"내게 먼저 질문한 건 너였어. 나는 대답한 것뿐이고…… 그러니까 처음부터 그냥 가라고 했잖아. 그런데도 멈춰 선 건 너라고. 그래서 처음에 너에게 거짓말을 했는데, 네가 진실을 원했잖아. 내가 이렇게 마녀로 가장하기까지 했는데 말이야. 내가 더 어떻게 해야 하지?"

"믿을 수 없어요." 귀스타브가 말했다. "전부 다…… 진짜 같은데."

"말하는 말이? 저주받은 숲, 꿈의 공주를 자칭하는 이 늙은 할망구가? 이런 것들이 진짜라고?" 노파는 웃음을 터뜨렸고 또다시 사레가 들려 잔기침을 뱉어냈다.

"하지만 이 모든 것이 진짜가 아니라면 당신도 존재하지 않는 거잖아요."

노파의 시선이 갑자기 생기를 잃었다.

"젊은 친구, 내 말 믿어." 그녀는 대단히 진지했다. "이건 나도 오랫동안 숙고해온 문제야. 정말 틈날 때마다 고민했다고."

"만일 당신이 정말 내 꿈의 공주, 아니 꿈의 안내자라면 대관절 이 깊은 숲속에 앉아 뭘 하고 있는 거죠?"

"그래. 그게 좀 난처하게 됐지. 내가 길을 잃어버렸지 뭐야! 이제 화장실이 어디인지 모르겠다고!" 노파는 씁쓸하게 웃었다. "지난 얼마 동안 네 꿈속에서 무슨 일이 벌어졌는지 도무지 알 수 없게 되어버린 거야. 하지만 이거 하난 분명해. 네 꿈이 점점 더 험악해지고 있다는 것. 어쩌면 네 나이와 상관있는지도 모르지. 조금만 지나면 넌 더는 아이가 아니니까."

"하지만 지금도 나는 아이가 아니에요!" 귀스타브가 발끈해서 소리쳤다. "벌써 열두 살이라고요!"

"그래, 그래." 꿈의 공주가 휘휘 손을 내저었다. "하지만 너무 서둘러서 어른이 되려고 하지는 마." 그녀는 주름진 자신의 손을 한심하다는 듯 내려다보았다.

"당신이 길을 잃은 것과 내 나이가 대체 무슨 상관이 있다는 거죠?" 귀스타브가 날카롭게 물었다.

"그걸 내가 어떻게 알겠어. 그저 추측일 뿐이야. 난 그저 꿈의 안내자일 뿐인걸. 사실 이 일을 하는 것도 처음이라고." 노파가 신음했다. "언젠가 토끼 꿈을 꾼 적이 있을 거야. 부모님이 나오는 꿈, 곧잘 가지고 놀던 나무블록과 빨간 공이 나오는 꿈도. 그리고 공원에서 노니는 오리 꿈도 꾸었지. 그런데 요즘에는…… 세상에, 불을 뿜는 용에 날아다니는 괴물, 그것도 모자라 말하는 해파리에 벌거벗은 여자들이라니! 우리 같은 사람이 모르는 게 놀랄 일도 아니지!"

귀스타브는 얼굴이 달아올랐다. 처녀들의 섬에서 있었던 일들을 대체 이 노파가 어떻게 알고 있지? 대화는 점점 더 미궁으로 빠져들고 있었다.

"잘 들어, 일이 어떻게 돌아가고 있는지 설명해줄 테니. 어쨌든 내가 아는 만큼은 말이야. 초보자를 위한 알기 쉬운 꿈풀이 정도라고 해둘까. 알아듣겠어?"

귀스타브는 고개를 끄덕였다.

"꿈의 제국에 대해서는 그리 어렵게 생각할 것 없어. 다른 나라와 똑같으니까. 꿈을 꿀 때 너는 그냥 그 나라, 그러니까 꿈의 나라를 여행하는 거라고 생각하면 돼. 침대에 누워 한 발짝 움직이지 않고도 여행을 하는 거야. 사실 생각해보면 그건 인간의 삶에서 공짜로 주어지는 가장 근사한 일 중 하나이기도 하지! 꿈의 나라로 가는 승차권이라도 팔걸 그랬지 뭐야."

"좀 간단히 할 순 없어요?" 판초가 끼어들었다. "우린 아직 할 일이 남았다고요."

"꿈의 세계는 예측할 수 없는 공간이야." 노파는 판초에게는 개의치 않고 말을 이었다. "온 우주를 통틀어 가장 법칙과 거리가 먼 곳이라고. 시공간과 운명, 회상과 예측, 공포와 소망, 이 모든 것이 서로 얽혀 있는 일종의 원시림이라고나 할까." 노파는 손가락을 깍지 껴 촘촘한 그물을 만들었다.

'또하나의 세계, 원시림, 백화점.' 귀스타브는 생각했다. '그래, 그게 다 어쨌다고?'

"그때그때 조언해주는 누군가가 거기 있다면 매우 도움이 되지. 안내자 말이야. 물론 다 가르쳐주지는 않아. 그저 암시를 주는 거지. 비록 수수께끼 같다 하더라도 말이야. 우리 꿈의 공주는 바로 그래서 존재하는 거라고."

"알겠어요."

"아니, 넌 절대 몰라!" 노파가 퉁명스레 말을 잘랐다. "잘 듣기나 해! 나는 말하는 사과가 될 수도, 치즈로 만든 닭이 될 수도 있어. 너한테 세 번 기침하라고 충고했던 치즈로 만든 닭, 기억나?"

"아뇨."

"상관없어. 어쨌거나 전문적인 꿈 조언의 고전적인 예니까. 그때 그 꿈은 악몽이었어. 네가 막 라이스 푸딩 웅덩이에 빠져 익사하기 직전이었거든. 바로 그때 내가 나타났다고. 치즈로 만든 닭의 모습으로 말이야. 내가 너에게 세 번 기침하라고 충고했고, 너는 자면서도 그렇게 한 덕분에 잠에서 깨어났어."

"아무 기억도 나지 않는걸요."

"우리의 노고 위에 드리운 어두운 그림자 때문이야. 망각의 그림자 말이야." 노파는 다시 한숨을 쉬었다. "우리 꿈의 안내자들은 별다른 갈채를 못 받는 데 익숙해."

"원래 그래야 하는 거 아닌가요?" 귀스타브는 그렇게 대꾸하면서도 자신이 좀 주제넘은 게 아닌가 생각했다.

"들어봐, 젊은 친구. 그렇게 멋대로 우리 일을 업신여기지 마. 꿈의 공주, 그 역할은 말이야, 얼핏 쓸데없어 보이는지 몰라도 꽤 고된 일이야. 보수도 없어. 네게도 이런 운명이 닥칠지는 너 자신도 몰라. 너도 나중에 꿈의 공주가 될지 누가 알겠어?"

"꿈의 공주요? 제가?"

가만히 듣고 있던 판초가 힝힝거리며 비아냥거렸다.

"물론 공주는 아니겠지. 꿈의 왕자 정도려나?"

"어떻게 그게 가능하죠?"

"원칙적으로는 누구나 꿈속에서 일을 할 수 있어. 특정 요건만 갖추면. 우선은 죽어야 해. 이 직업의 가장 중요한 자격 요건이 바로 그거야."

"잠깐! 그렇다면 당신은 이미 저세상 사람이라는 뜻인가요?"

"안 그랬다면 우리가 여기서 이렇게 이야기를 나눌 수도 없었을 거야. 나는, 가만있어보자…… 그러니까 죽은 지 벌써 273년이나 됐군.

참, 우리는 혈족이기도 하지. 거슬러올라가면 내가 네 할머니의 할머니의 할머니쯤 될걸. 친가 쪽으로!"

깜짝 놀란 귀스타브는 입이 떡 벌어졌지만 노파는 계속해서 말을 이었다.

"나는 아흔아홉에 세상을 떴지. 길고 충만한 인생이었어. 이건 꿈의 안내자가 갖추어야 할 두번째 조건이야. 충만한 삶을 살았을 것. 자기 생활이 늘 불만족스러운 사람들은 종종 불안정하기 쉬운데, 그런 성격은 우리 직업상 적합하지 않아."

귀스타브는 고개를 끄덕였다.

"충만한 삶을 산 후 꿈의 안내자로 변신하는 것, 사실 그것만이 죽음에서, 그리고 영혼의 관에서 빠져나올 수 있는 유일한 방법이기도 해."

"영혼의 관에 대해서 알고 계세요?"

노파가 빙그레 웃었다.

"태양 없이 생명은 없고, 생명 없이 영혼이 없으며, 영혼 없이는 태양이 없단다. 그것이 영원한 우주의 순환……"

노파는 사뭇 과장되게 놀라는 시늉을 해 보이면서 손으로 입을 가렸다. "아차, 하마터면 우주의 비밀을 누설할 뻔했구나!" 그녀가 깔깔거렸다.

"충만한 삶을 살았는지는 어떻게 알아요?" 귀스타브가 물었다. 지금껏 한 번도 그런 황당무계한 이야기를 나눠본 적이 없는 그로서는 대화가 슬슬 재미있어지기 시작했다.

"글쎄, 말하기가 좀 어려워. 말년에 가서나 알 수 있지. 수명이나 성공, 만족의 여부나 뭐 그런 것들과는 아무 상관 없어. 인생을 돌이켜보면 그 앞에 놓인 게 보여. 이 경우에는 뒤라고 해야겠지만."

꿈의 안내자가 킥킥거렸다.

"삶이 충만했는지 어떻게 아느냐, 그건 말해줄 수 없지만 이것만은 말해줄 수 있어. 어떻게든 사람들은 그걸 알아볼 수 있다는 사실. 인정사정없는 죽음조차 그걸 알아보고는 가져온 영혼의 관을 들고 슬그머니 뒷걸음치지. 멍청한 친구 같으니라고."

"이봐요, 두 사람." 판초가 헛기침을 했다. "아직 더 남았어요? 그러니까 내 말은, 우린 아직 완수해야 할 몇 가지 임무가 있고……"

"그렇지, 참." 귀스타브가 말했다. 얘기는 처음 생각했던 것보다 훨씬 흥미로웠고, 정말로 노파에게 어떤 문제가 생긴 건지 아니면 그저 교활한 수법으로 그를 조롱하는 것인지 여전히 의심스러웠으므로 그녀에 대해 좀더 자세히 알아보고 싶은 마음이 굴뚝같았지만, 판초의 말이 옳았다. 그들에게는 더 중요한 일들이 남아 있었다.

"이쯤에서 길을 떠나야겠어요."

"알아." 노파가 말했다.

"마지막으로 질문 하나만 할게요." 다시 말라붙은 강바닥을 따라 말을 달리면서 귀스타브가 어깨 너머로 소리쳤다. "정말로 당신이 내 꿈속에서 길을 잃었다면, 어떻게 다시 이곳을 빠져나갈 거죠?"

노파의 입가에 잔잔한 미소가 떠올랐다. 귀스타브는 그제야 그녀의 이가 모두 반짝이는 황금으로 되어 있다는 걸 알았다.

"백화점 안내원처럼 하지. 퇴근시간까지 기다리는 거야."

"그게 무슨 말이죠?"

"네가 잠에서 깨어날 때를 기다린다는 거야."

그녀는 치마를 단정하게 쓸어내리고 왕관을 고쳐쓰더니 고집스러운 눈빛을 다시금 한곳으로 모았다. 귀스타브와 판초가 굽이진 기슭을 돌아 모습을 감춘 지도 한참, 멀리서 부엉이가 부우, 조롱하듯 울었다.

"**미**리 대답하자면 말이야." 한참 후, 판초가 먼저 입을 열었다. "그 할머니 머리가 좀 이상한 거 같아. 어때, 토끼니 오리니 하는 이야기 다 알아들은 거야?"

그들은 무성히 뒤엉킨 나뭇가지들을 천장 삼아 말라붙은 강바닥을 따라 계속 달리고 있었다.

"아무도 너한테 묻지 않았어." 그렇게 대꾸했지만 사실 귀스타브는 판초가 말한 것에 대해 곰곰이 생각하고 있었다. 정말 그랬다. 솔직히 그 역시 토끼니 오리니 하는 이야기들이 통 이해되지 않았다.

"우리, 이제는 네 임무에만 집중해야 해." 판초가 말했다. "마법에 걸린 이 무시무시한 숲에서 그만 벗어나고 싶다고."

"아, 눈에 띄는 행동을 해야 한다고 했는데." 그제야 생각난 듯 귀스타브가 말했다.

"그건 또 무슨 소리야?"

"유령들이 득실거리는 숲속에서 괴상한 짓을 하라는 거야. 눈에 잘 띌 수 있도록 말이지. 임무가 그랬어."

"그렇다면 노래하는 걸 추천하지." 판초가 제안했다. "원래 예민한 타입들은 보통 사람들보다 음악을 더 성가시게 느끼는 법이거든. 어때, 노래할 줄 알아?"

"응." 사실 그는 음악에 상당히 소질이 있었다. "노래는 제법 하는 편이야."

"그건 별로 안 좋은데. 네가 음치였더라면 좋았을걸. 누가 들어도 잘 하는 감미로운 노랫소리는 음치의 노래만큼 튀지는 않으니까. 그래도 너는 행운아야. 사실 내가 노래는 영 형편없거든. 그럼 내가 그 임무를 맡지."

판초는 헛기침을 했다.

"〈유령의 풀을 너무 많이 먹은 말의 노래〉 알아?"

"유령의 풀?"

"그래, 메스꺼운 약초지. 나도 실수로 한번 먹어본 적이 있는데…… 어쨌든 그건 다른 이야기고, 일단 들어봐! 말들의 노래인데, 보통은 히 힝거리면서 부르지만, 너희의 미흡한 언어로 한번 번역해보지."

말은 잠깐 킁킁거리더니 과연 음치다운 바리톤과 끔찍한 박자로 발 라드를 부르기 시작했다.

"아 슬퍼라! 나는 약초를 먹었네!
피안 깊숙이 뿌리내린 약초를
이제 나는 망상에 사로잡히리
마법의 주문을 발설하지 않을 수 없으리

세상의 모든 동물과 곤충이여
정령의 종족들이여, 내가 너희를 부른다!
현실과 꿈이여, 도취되어 녹아들라!
낮과 밤이여, 한데 뒤엉켜라!
빛과 어둠이 섞이고
뿌연 안개가 시계를 덮고
어스름 밖으로 정령들이 피어올라
영혼도 없이, 안식도 없이
대담한 춤을 추며 내 주위를 떠나지 않고
나는 또다시 그렇게 능욕당하네!
오, 안개는 기세를 더해가며 나를 위협해
아아, 나 자신이 그 모든 것을 허락했네!
무육無肉의 그림자는
울부짖으며 내 주위를 부유하네
긴 다리 거미가 거미줄을 쳐
투명한 실로 나를 칭칭 감고
일그러진 얼굴들이 거품을 내뿜고 눈을 굴리고
두개골은 죽음의 숲에서 희미하게 빛나고
심연으로부터 슬금슬금 원한이 기어나온다
그리고, 내 등줄기는 서늘해지지
하지만 소름끼치는 공포여 이제 그만!
썩 가거라! 돌아가라, 너희의 묘지로!
피안으로 기어들어가거라!
내 말이 들리지 않는가? 너희는 도망쳐야 한다!

어서 돌아가라! 모든 것은 다만 한때의 유희일 뿐!

너희는 농담을 모르는가?

나는 그저 유령의 풀을 뜯었을 뿐

너희는 이제 모두 돌아가거라!

유령의 풀, 너희도 알고 있지 않느냐

그것을 조금 먹는 것

그것은 일상의 멍에에서 우리를 자유롭게 하지

그리고 의식을 집요하게 파고들지

이게 도대체 뭐지? 어서 나를 놓아줘!

그렇게 잡아끌지 마!

도와줘! 나는 늪 속으로 가라앉고 있어!

살려줘! 살려줘! 나는 가라앉고 있어!"

"운이 하나도 안 맞잖아!" 끔찍한 가사에 신경이 날카로워진 귀스타브는 못마땅한 듯 꼬집어 말했다. 게다가 고삐로 아무 신호도 하지 않았는데 판초가 무턱대고 멈춰 서 있지 않은가.

"이건 노래가 아니야! 나 정말 가라앉는다고!"

판초의 목소리는 잔뜩 겁에 질려 있었다. 어디선가 심상치 않은 기척이 들려왔다. 그것은 바삭바삭하는 소리 같기도, 쩝쩝거리는 소리 같기도 했다. 귀스타브는 말의 발치를 내려다보았다. 네 다리가 모두 복사뼈까지 질퍽한 늪에 빠져 있었다.

"이 길로는 지나가기 힘들겠네. 우리 차라리……"

"나를 잡아끌고 있어!" 귀스타브가 말을 끝맺기도 전에 판초가 비명을 질렀다. "땅속으로 빨려들어갈 것 같아!"

순간 판초는 몸을 가누지 못하고 심하게 기우뚱하더니 무릎까지 늪에 잠기고 말았다. 하마터면 떨어질 뻔한 귀스타브는 고삐를 손에 쥔 채 그대로 펄쩍 뛰어내렸다. 그런데 놀랍게도 그의 발은 늪에 빠지지 않았다. 전혀. 발아래 깔린 풀잎 융단은 발을 딛기에 더없이 단단했고 또 적당히 건조했다. 그러나 그 순간에도 판초는 질퍽한 늪으로 점점 더 깊이 빠져들어가고 있었다.

"어떻게 된 거야?" 귀스타브가 소리쳤다.

"내가 그걸 어떻게 알아?" 판초의 볼멘소리가 한층 높아졌다. "날 여기서 꺼내줘! 제발!" 다시 한번 기우뚱하더니 판초는 어느새 몸통까지 잠겨들고 말았다.

"어서 좀 어떻게 해봐! 손 좀 써보라고. 어서!" 판초의 주둥이에서는 연신 부글거리며 거품이 일었고, 극심한 공포에 빠진 두 눈은 초점을 잃은 채 흔들리고 있었다. 귀스타브는 힘껏 고삐를 잡아당겼다. 판초는 빠져나오려 기를 쓰고 버둥거렸지만, 그럴수록 더 깊이 빠져들어 마침내 늪 밖에는 목과 머리만 남게 되었다.

"어떻게 좀 해봐! 날 꺼내달라고! 살려줘!" 판초가 절망적으로 비명을 질렀다.

귀스타브는 바닥에 무릎을 꿇고 끌어내려 했지만 판초는 이미 늪 속 깊이 뿌리내린 듯 단단하게 박혀 있었고, 귀스타브의 손에 뽑혀 나온 것은 퍼석한 털 몇 가닥뿐이었다.

"땅에 빠져 죽다니! 이 얼마나 우스꽝스런 죽음이야! 난 이제 끝장이야! 날 용서해줄 수 있겠니?"

"무슨 말이야?" 더 어찌할 바를 몰라 고삐만 부여잡고 있던 귀스타브가 외쳤다.

"나는 너를 유령들에게 데려다주려고 여기 온 거야. 넌 절대 임무를 완수할 수 없어. 꼼짝없이 그들에게 잡아먹힐 테니."

"뭐?"

"이게 다 죽음의 계략이라고! 여태껏 유령의 숲에서 살아 나간 사람은 아무도 없어. 이렇게 내가 직접 당할 줄은 꿈에도 몰랐는데! 날 용서해!" 판초의 큰 눈에 눈물이 고였다.

그는 마지막으로 한 번 꿈틀했지만 잠깐 사이 머리가 가라앉았고 뒤이어 고삐마저 귀스타브의 손에서 빠져나갔다. 흙바닥이 쩝쩝 소리를 내면서 아물자 말은 흔적도 없이 사라졌다.

귀스타브는 몸을 일으켜 후들거리는 다리로 그 자리에 서 있었다. 아무 생각도 나지 않았다. 그저 망연자실할 뿐이었다.

"판초?" 그는 부질없이 불러보았다.

나뭇가지 사이로 한줄기 바람이 지나갔다. 바스락거리는 소리가 숲을 훑고 지나가자 언젠가 들어본 적 있는 나직한 속삭임과 킬킬거리는 소리들이 들려왔다. 이전보다 더 많은 목소리가 섞여 있었고 더 끔찍한 소리였다.

숲이 살아 있는 듯했다. 나무의 가지들이 이리저리 채찍질해대고, 잎들은 소용돌이치며 솟구쳐올랐다. 줄기는 꼭대기까지 뒤흔들리고, 나무껍질은 부드득 소리를 냈다. 불현듯 귀스타브는 깨달았다. 무시무시한 수의 숲의 정령 무리가 자신을 포위하고 있다는 것을. 도마뱀꼬리 난쟁이, 뿔 달린 부엉이, 부리가 튀어나온 곤충, 기괴한 짐승이 사방을 가로막았다. 상상 속에서만 존재하는 온갖 어둠의 피조물이 숲속 깊은 그늘로부터 속속 나타나 일제히 그를 향해 다가오고 있었다.

몸이 뻣뻣하게 굳었다. 칼을 뽑긴 했지만 높이 쳐들고 싸울 태세를 갖춰야 할지 망설여졌다.

사람과 얼굴이 흡사한, 박쥐처럼 생긴 짐승 하나가 나뭇가지에 거꾸로 매달려 귀스타브를 노려보았다. "무슨 배짱으로 우리 숲에서 그런 뻔뻔스런 노래를 부르는 거지?"

귀스타브는 이럴 땐 진실이 최선이라는 생각이 들었다.

"내가 아니야. 노래를 부른 건 내 말이라고."

"무슨 말?" 날짐승이 음흉하게 물었다.

"무슨 말인지 다 알잖아." 귀스타브는 정중하게, 그러나 결코 겁먹은 인상을 풍기지 않으려고 애쓰며 대답했다.

"하지만 내, 내가 고의로 너희 관심을 끌려고 했다는 것은 인정할게. 난 죽음과 내기를 했어." 그는 큰 소리로 말했다. 목소리가 아주 조금 떨렸다. "내 임무 중 하나가 너희를 자극하는 행동을 하라는 거였거든."

"그렇다면 일단은 성공한 셈이군." 박쥐가 쉿쉿 소리를 내며 말했다. "이제 우린 너에게만 집중할 테니까, 꼬마야."

"죽음과 내기를 했다고!" 못생긴 난쟁이가 더 못생긴 돼지의 등에 올라타고 빈정거렸다. "우리의 동정을 사려는 수작이야. 죽는 건 우리도 마찬가지라고!"

"맞아!" 곤충의 더듬이가 달린 외다리 새도 깍깍거렸다. "빨간 잎 너도밤나무에 녀석을 거꾸로 매달아 간을 쪼아버리자."

"너희도 죽는다고?" 귀스타브는 용기를 내어 새의 말을 잘랐다.

"물론이지." 어린아이의 얼굴을 한 난쟁이가 소리쳤다. 그리고 큰 소리로 웃어젖히며 두 팔을 활짝 벌렸다. "누구도 죽음을 피해갈 순 없어."

"그렇지만 너희는 유령이잖아! 이승과 저승, 그 중간 세상의 존재 말이야. 요괴가 죽는다는 말은 들어본 적이 없는걸."

끔찍한 그 녀석들은 어이가 없는 듯했다. 그러고는 곧 으르렁, 꿀꿀, 바스락바스락, 난리를 피웠다.

"가장 최근이 언제였지?" 귀스타브는 좀더 용기를 내어 다시 한번 물었다. "너희 중 누군가 죽은 게 말이야."

일동 침묵. 여기저기서 놀란 조류의 부리와 파충류의 목구멍이 벌어 져서는 다시 다물어지지 않고 한참을 그대로 있었다.

"어험……" 외다리 새가 입을 열었다.

"후우!" 저 뒤에 있던 부엉이도 소리를 보탰다.

"아이고!" 에뮤 위에 앉아 있던 부리 달린 난쟁이가 털어놓았다. "솔직히 말하면, 나는 가장 최근의 죽음이 더는 기억이 안 나."

"나는 아예 죽음이라는 게 뭔지 잘 모르겠는걸." 컴컴한 나뭇가지 사이에서 무언가가 깍깍거렸다.

"난 아직 한 번도 장례식에 가본 적이 없는데." 두 발로 서서 다니는 개구리가 중얼거렸다.

"장례식이 뭔데?" 맨 끝에 있던 누군가가 물었다.

"내겐 벌써 450살이나 먹은 할머니가 있는데 말이지." 이상할 정도 로 비대한 메뚜기가 뾰족한 주둥이를 문질러가며 곰곰이 생각에 잠겼 다. "그 할머니한테 아직 기운이 팔팔한 할머니가 또 있다고."

그때 롤빵만한 거미처럼 생긴 뭔가가 저 뒤에서 기어나오더니 앞발 로 귀스타브의 갑옷을 마구 할퀴었다.

"그러니까 우리가 영원히 산다는 말을 하고 싶은 거야?" 거미는 이 세상의 것이 아닌 가느다란 목소리로 헉헉거렸다.

"잘 들어봐!" 귀스타브는 당당하고 우렁찬 목소리로 말했다. 이 무 시무시한 망령들에게는 자신감 있는 태도가 가장 효과적임을 서서히 알아차린 것이다. "너희도 깨달았겠지만 지금까지 너희 중 누구도 죽지 않았어. 400살이 훨씬 넘는 놈도 몇 있을 텐데 말이야……"

"난 700살인데!" 부엉이가 소리쳤다.

"난 934살." 정확히 정체를 알 수 없는 뭔가가 자랑스레 찍찍거렸다.

"나는 어림잡아도 2500살은 됐을걸." 요정의 머리에 발이 여러 개인 도마뱀이 우쭐댔다.

"……2500살이나 됐다는 건." 귀스타브는 계속 말을 이었다. "불멸의 확실한 증거가 아닐까. 적어도, 그러니까 적어도 음, 희망적으로 생각할 수 있다는 뜻이지."

유령 무리가 무언가 생각에 잠긴 듯 잠시 침묵이 이어졌다.

"근사할 거야!" 외다리 새가 마침내 정적을 깼다. "그러니까 내 말은, 가끔씩 왼쪽 날개를 쿡쿡 쑤시는 통증 때문에 더는 걱정하지 않아도 된다는 거야. 정말 우리가 죽지 않는다면 치명적인 심근경색 따위는 있을 수 없는……"

"정말 그렇다면 사는 동안 걱정거리라곤 없겠네." 못생긴 돼지도 끼어들었다. "죽음에 대한 강박관념에서 완벽하게 벗어날 수 있겠지. 그러면 삶의 질은 100퍼센트 나아질 거야."

"그렇게만 된다면 이 숲속의 지긋지긋한 염세주의도 끝나겠군." 돼지 위에 타고 있던 난쟁이가 덧붙였다.

"굉장하지 않아? 우리가 영원히 산대!" 부엉이가 소리쳤다.

"야호!"

"죽지 않는다!"

숲은 환호와 휘파람과 폭소로 넘쳐났다. 서로 얼싸안고 비뚤어진 어깨를, 곱사등을 다독거리며 기쁨의 눈물을 흘렸다. 그 소동이 잠잠해질 때까지 귀스타브는 한쪽에 가만히 서 있었다.

"좋아!" 외다리 새가 귀스타브 곁으로 총총 뛰어와 그의 어깨에 한쪽 날개를 얹으며 소리쳤다. "착하고 어린 이 친구는 우리가 공포로부터 자유로운 존재가 될 수 있게 도와주러 숲으로 온 거야. 자, 이 소년을 위해 만세!"

"만세! 만세! 만세!" 유령들이 일제히 외쳤다.

귀스타브는 일순 모든 긴장이 풀리는 듯했다.

"자, 그럼." 새가 쾌활한 목소리로 말했다. "저 녀석을 빨간 잎 너도밤나무에 거꾸로 매달아 간을 빼먹자고!"

귀스타브는 한 발짝 뒤로 물러서며 허공 높이 칼을 치켜들었다. '싸움이다!' 그는 생각했다. '결국 이렇게 되는구나.'

외다리 새가 뻔뻔스럽게 헤헤거렸다. 돼지는 목에 가시라도 걸린 듯격렬하게 큭큭거렸다. 다른 괴물들도 야릇한 리듬을 실어 소리를 내질렀다. 하지만 귀스타브에게 그 모든 괴성은 그저 이상한 웃음소리로밖에 들리지 않았다.

"미안하게 됐어!" 간신히 가쁜 숨을 가다듬은 새가 깍깍거리는 소리로 말했다. "그런 밥맛없는 농담을 못 참고 내뱉어서 미안해. 우린 네 간은 맛보지 않을 거야."

귀스타브는 다시 칼을 내렸다.

"절대로 간은 먹지 않아! 사람의 간은 독소로 꽉 차 있거든. 우린 당연히 네 뇌만 먹을 거야!"

히스테릭한 웃음소리가 숲속 빈터를 가득 메웠다. 귀스타브는 다시 방어 태세를 취했다.

"어이, 됐어!" 새가 헉헉거리며 소리쳤다. "그 한심한 칼 좀 집어넣어. 안심해도 돼! 유머 감각 좀 키워야겠구나! 우리 유령들의 유머에 대해서 말이야. 우린 널 잡아먹지 않아! 너는 초대받은 거야. 우리 손님이라고!"

그리고 은밀한 명령이라도 받은 듯 흉측한 짐승들은 모두 귀스타브를 에워싸고 춤을 추고 이상한 노래를 부르며 머뭇거리는 그를 어두운 숲속 깊숙이 끌고 들어갔다.

파티는—적어도 귀스타브에게는—참으로 이상했다. 숲의 정령들이 흥겨워하는 파티는 여태껏 귀스타브가 보고 겪어온 그 어떤 분망한 흥취와도 다른 것이었다. 작은 빈터에 이르자 숲속 내내 따라오던 음산한 폴로네즈는 금세 그쳤다. 돼지와 흡사하게 생긴 짐승들이 꿀꿀거리며 부드러운 흙바닥에서 트뤼프 버섯을 캐내 사방에 흩뿌렸고, 새들은 부리로 서로의 깃털을 쪼아댔다. 그리고 난쟁이들은 코피가 줄줄 흐를 때까지 나무둥치에 제 머리를 박으면서 연신 욕설을 내뱉었다.

포도주처럼 붉은 액체가 담긴 구리솥 하나가 시퍼런 불 위에서 끓고 있었다. 모두가 춤추며 그 주위를 빙글빙글 돌면서 솥 안에 약초와 쐐기풀과 버섯을 던져넣었다. 솥에서 부글거리던 거품은 하나씩 하나씩 액체에서 떨어져나와 나뭇잎 사이로 사라졌다. 정령 몇이 나뭇가지와 돌로 속이 빈 고목이나 흙 밖으로 뻗어나온 굵은 나무뿌리를 두드려

고동치는 리듬을 만들어내자, 그에 맞춰 다른 정령들이 으쓱으쓱 움직이기 시작했다.

부엉이들은 우우, 하는 굵은 베이스로 가세했고, 나무의 옹이구멍에서는 음산한 곡조가 흘러나왔다. 음악에 도취된 가지각색의 도깨비불들은 비틀비틀 허공을 떠다녔다. 그것들은 박자에 맞춰 밝아졌다 어두워졌다 하면서, 쉴새없이 색깔이 바뀌는 무대조명 역할을 톡톡히 했다. 오리 다리에 돼지 얼굴을 한 난쟁이는 황홀경에 빠진 표정으로 춤추며 스르르 지나가더니 돌멩이로 제 머리를 때렸다. 불탄 약초로 포식한 초록빛 짙은 연기들도 이 난장 틈 사이로 춤추며 떠다녔다. 귀스타브는 이 광경을 지켜보는 것만으로도 벌써 어지러웠다.

"자, 좀 마셔!" 곱사등 개구리가 호탕하게 말하며 아직도 거품이 부글거리는 붉은 액체가 든 잔을 건넸다. 귀스타브는 예의바르게 감사를 표하고 머뭇거리며 한 모금 마셨다. 특별한 맛 없이 철분과 토마토 맛이 나는 게 다였지만 금세 머릿속이 이상해지는 듯했다.

"음, 맛있어!" 그는 거짓말을 하고는 단숨에 반잔을 비웠다. 스펀지에 스며들듯 혓바닥에 스며든 액체는 곧장 뇌 속으로 빨려들어가는 것 같았다. 아까부터 대화의 큰 역할을 맡았던 외다리 새가 폴짝폴짝 뛰어와 간신히 중심을 잡으며 귀스타브 앞에 멈춰 섰다.

"자, 이제 너는 임무를 잘해낸 거야." 깃털 달린 요괴가 축하해주었다. "유령들이 득실거리는 숲에서 눈에 띄는 행동을 했어. 그런데도 아직 이렇게 살아 있고! 이제껏 그 누구도 성공 못한 일이야. 자, 모두 여기 주목!" 새는 오른쪽 날개로 붉은 액체가 든 잔을 높이 들어 귀스타브에게 건배를 청했다. 귀스타브는 예의상 크게 한 모금 들이켰다.

"고마워." 살짝 트림을 하면서 귀스타브가 말했다. "임무가 생각보다 쉬웠던 것 같아."

"자, 그럼 다음 시험은 뭐지?" 혀 꼬부라진 소리로 새가 물었다. 흐리멍덩한 눈과 크게 벌어진 동공을 보고 귀스타브는 새가 이미 꽤 취했음을 알았다. "혜성을 타고 날아라, 뭐 그런 건가?"

"아니. 여섯 거인의 이름을 알아맞혀야 한다는군." 대답을 하면서도 귀스타브는 웃지 않을 수 없었다. 한편으로는 이 과제가 너무나 황당하다는 생각이 들었고, 또 한편으로는 그 붉은 음료를 마시고 기분이 좋아진 건지 모든 것이, 심지어 여섯 거인에게 싸움을 걸어야 하는 일까지도 너무나 우습게 여겨졌던 것이다.

"넌 용감한 젊은이야." 외다리 새가 말했다. "수수께끼 거인들의 고원에 가려면 괴물들의 계곡을 지나야 해. 칼이 필요할지도 몰라. 칼은 쓸 줄 알아?"

"칼로 용을 죽인 적도 있는걸."

"대단하군!" 새가 제 동료들 쪽으로 몸을 돌리며 큰 소리로 말했다. "다들 들었나?" 왁자지껄한 가운데 새는 목청을 높였다. "여기 이 젊은이가 진짜 용을 죽였다는군."

그러나 점점 더 깊은 흥분상태로 빠져들고 있던 어둠의 족속들은 더는 둘에게 관심을 두지 않았다. 숲의 유령들은 으쓱으쓱 춤을 추고, 비명을 지르며 두 팔을 허공에 뻗거나, 씩씩거리면서 땅바닥을 구르고, 한 움큼씩 풀을 잡아뜯었다. 그런데 이상했다. 시간이 지날수록 귀스타브도 그들처럼 하고 싶어지는 것이었다. 그 욕구는 너무도 절실해서 참기 힘들었다.

"용을 죽였다고? 어떻게?" 대화는 계속되었다. 새는 기다란 날개를 귀스타브의 어깨에 척 올려놓고 그의 눈 속 깊은 곳을 응시했다. "그럼

에…… 벌거벗은 처녀들도 봤어?"

귀스타브의 가슴에 차가운 통증이 지나갔다.

"그래. 봤지."

"오호……" 새는 알겠다는 듯 휘파람을 불더니, 충혈된 두 눈을 굴리며 날개를 무슨 뜨거운 것에 데기라도 한 듯한 제스처를 해 보였다.

"잠깐." 귀스타브는 애써 화제를 돌리려 했다. "괴물들의 계곡은 뭐고, 수수께끼 거인들의 고원은 또 뭐지? 넌 그리 가는 길을 아는 것 같은데?"

"넌 벌써 그리로 가는 중이야!" 새가 씩 웃더니 다시 건배를 청했다.

귀스타브는 그 말이 무슨 뜻인지 묻고 싶었지만 혀가 말을 듣지 않았다. 몽롱한 시야 너머로 새는 두 마리가 되었다가 세 마리, 네 마리로 늘어났고 색깔도 처음에는 분홍색이었다가 다음에는 빨간색, 그리고 보라색이 되었다.

"말한 대로야. 너는 벌써 그리로 가고 있는 중이라고!" 금속성을 띤 새의 목소리가 귀스타브의 두 귀 사이에서 계속 그르륵거렸다. 사방에서 윙윙, 그르르, 굉음이 들렸다. 어째서 이 소리가 이렇게 익숙하지, 귀스타브는 자문했다. 그랬다, 그것은 열심히 돌아가는 마차의 바퀴 소리였다. 자갈이 밟히는 소리, 지붕 위에 올려놓은 가방들이 서로 부딪치면서 덜그럭거리는 소리도 섞여 있었다.

가방? 웬 지붕? 여기 이 숲속에서? 이건 또 뭐야, 트럼펫 소리잖아! 아니, 호른인가? 그랬다면 더 좋았겠지만 그것도 아니었다. 정확하게는 무적*이었다. 안개? 배? 유령의 숲에 배라니? 내가 지금 꿈을 꾸는 건가? 그때 삑 소리가 들렸다. 아니, 아무리 들어도 새소리는 아닌데.

---

* 등대나 배에서 안개에 대한 경고로 울리는 고동.

그건 역장의 호루라기 소리였다.

"너도 저 소리 들려?" 머리가 이상해진 게 아닐까 겁이 난 귀스타브가 물었다. 하지만 그 역시 이제 혀 꼬부라진 소리밖에 나오지 않았다.

새가 다시 씩 웃었다.

"아니. 하지만 네가 무슨 말을 하는지는 알아. 이건 여행의 포도주지!" 새는 자기 잔을 귀스타브의 코앞에 들이댔고, 귀스타브는 피의 소용돌이를 들여다보는 듯한 착각에 빠졌다. 잔 속의 검붉은 액체는 자연의 법칙을 거스르며 소용돌이를 일으키고 있었다. 거품이 이는 그 소용돌이를 바라보는 것만으로도 어지럼증이 일었다.

"여행의 포도주?" 귀스타브가 물었다.

"글쎄, 뭐랄까." 새는 목소리를 낮춰 속삭였다. "삶은 험난한 여행이지! 아주 위험해! 예측 불허고! 동시에 경이로움으로 가득찬…… 어느 한자리에 의자를 놓고 가만히 앉아서 일생을 보낸다고 하더라도 어쨌든 삶이란 경이로운 거야." 새는 쉰 소리로 웃어젖히며 깍깍거렸다. "그래. 그게 다 여행의 포도주 때문이지! 오로지 너만을 위해 특별히 담근 거라고. 계산은 죽음이 할 거야!"

"뭐?" 귀스타브가 외마디소리를 질렀다. "너희도 죽음의 종이란 말이야?"

새가 경의를 표하기라도 하듯 잔을 높이 들어올리자, 나머지 어둠의 족속들도 따라 잔을 들며 이구동성으로 대답했다. "우리 모두 그의 종이 아니었던가?"

"하지만 너희는 죽지 않잖아!" 귀스타브는 응수했다.

"그래서 뭐?" 새가 방긋 웃었다. "그것이 죽음에게 호의를 베풀지 않을 이유는 못 돼."

귀스타브는 다시 어질했다. 노란색과 초록색 도깨비불이 콧등 앞에서 어른거렸다. 불빛은 눈이 사팔뜨기가 되도록 어지러이 꼬였다. 눈을 감았더니 조금 나은 것도 같았다. 어이쿠! 막 출발하는 기차 좌석에서나 느낄 법한 충격이 온몸을 관통했다.

빠르게 달려가는 마차의 마부석에 앉은 듯 상큼한 미풍이 그의 얼굴에 와 닿았다. 그러다 덜커덩, 우르르, 기관차가 전속력으로 터널을 지나는 듯한 금속성의 굉음이 그를 에워쌌다. 그러더니 느닷없는 소용돌이가 그를 휘감았다. 마치 돛이 부푼 배 갑판에 있는 것처럼 천이 펄럭거리는 소리도 귓가에 들려왔다.

귀스타브는 여전히 눈을 뜰 엄두를 내지 못했다. 되레 눈을 꼭 감고는 다른 감각에 자신을 맡겼다. 계피, 육두구, 고수풀, 레몬그라스와 원시림의 습한 대기와 난초 향기 같은 이국의 내음이 코끝을 스쳐지나갔다. 사람들이 저마다 다른 언어로 이야기하는 소리, 신비로운 동양의 음악 소리, 외국어로 된 낭랑한 노랫소리, 교회 종소리에 이어 몽환적인 멜로디, 손뼉 치는 소리, 발 구르는 소리가 들렸다. 그리고 또다시 자갈길 위를 달리는 마차 소리, 칙칙폭폭 기관차 소리, 펄럭이는 깃발소리, 어디론가 달려가는 말발굽 소리가 이어졌다.

바로 그때였다. 귀스타브가 눈을 뜬 것은.

숲은 사라지고 없었다. 술 취한 새와 그의 끔찍한 친구들도 사라졌다. 이제 귀스타브는 미쳐 날뛰는 빛과 어둠의 지옥 한가운데 있었다. 지구가 평소의 몇천 배 속도로 자전하기라도 하는 듯, 낮과 밤이 순식간에 바뀌었다. 발아래로는 미친듯이 빠른 속도로 거리들이 스쳐지나갔다. 모래흙 길, 포석, 타르, 찻길, 오솔길, 가로수길…… 산맥이 불쑥 솟았다 사라지고, 스텝 지역, 사막, 넘실거리는 옥수수밭과 다른 온갖 지형과 기후가 빠르게 나타났다가 순식간에 사라졌다. 마치 거대한 손이 그를 마구잡이로 끌고 온 지구를 돌아다니는 것 같았다. 구름들은 말도 안 되게 빠른 속도로 둥글게 뭉쳤다가 다시 증발했다. 그를 둘러싼 모든 것이 점점 더 거친 광기를 발산하며 춤추는 동안, 시간은 귀스타브의 내면에서 그대로 정지해버린 것 같았다. 더는 견딜 수가 없었다. 어지럽고 메스꺼워 다시 눈을 감았다. 바로 그때, 뭔가 밀치는 듯한 충격이 느껴지더니 쇠와 쇠가 맞부딪쳐 내는 소리, 누군가 말을 세우는 듯 "워워" 하는 소리, 날카로운 기적汽笛 소리, 닻에 매달린 쇠사슬이 철거덕거리는 소리가 이어졌다. 그리고 마침내 모든 것이 정지했다. 완벽한 정적이었다.

귀스타브는 눈을 떴다. 어느새 그는 낮은 바위 언덕 위에 있었다. 발아래로 어둑어둑한 계곡이 내려다보였다. 잿빛 잡초들이 척박한 바위틈에서 겨우겨우 자라고, 화강암으로 이루어진 산등성이 위에 죽은 나무들이 애처롭게 서 있었다. 그 풍경 위를 두꺼운 구름층이 마치 수의壽衣처럼 조용히 덮고 있었다. 마지막 남은 햇빛이 사위어가고 있었다. 그림자가 길어지며 계곡을 검게 물들이기 시작했다.

"이런!" 귀스타브는 소리쳤다. "여행의 포도주 때문이야!" 트림이 나왔다. "믿을 수가 없군!"

"시원하겠구나!" 밑에서 무슨 소리가 들렸다.

귀스타브는 몸을 굽혀 아래를 내려다보았다. 그런데 이게 웬일인가. 그는 말하는 그의 말, 바로 판초 산사의 등에 올라타고 있는 게 아닌가. "네가 여길 어떻게 왔지?" 귀스타브가 어리둥절해 물었다.

"네가 여길 어떻게 왔지?" 판초가 골난 목소리로 그의 말을 따라 했다. "뭐? 여길 어떻게 왔느냐고? 겨우 그게 다야? 오 하느님, 네가 아직 살아 있다니 정말 기뻐! 아니면 대체 어떻게 살아 나온 거야? 뭐 그런 비슷한 말이라도 해야 하는 거 아니야? 흥!" 판초는 기분이 상했는지 콩콩거렸다.

귀스타브는 조금 부끄러웠다. 물론 숲에서 그 끔찍한 일을 겪은 뒤 이렇게 무사한 모습으로 판초를 다시 보게 되어 뛸 듯이 기뻤다. 그는 적당한 말을 찾았다.

"오, 하느님! 네가 아직 살아 있다니! 정말 기뻐!" 마침내 조금은 틀에 박힌 말을 했다. "대체 어떻게 빠져나온 거야?" 그는 멋쩍게 웃으며 판초의 목을 쓰다듬었다.

"됐어!" 판초가 머리를 흔들어 그의 손을 뿌리쳤다. 여전히 심통이 나 있었던 것이다.

"내 말 좀 들어봐! 정말 화를 내야 할 사람은 나라고. 나를 그 숲으로 꾀어들인 건 바로 너잖아! 네가 날 유령들에게로 데려다났다고! 아직 기억하지? 나한테 용서도 빌었잖아."

판초는 고개를 떨구더니 난처한 듯 발굽을 비벼댔다. 한참 후에야 고개를 들고는 그 순진하고 커다란 눈으로 귀스타브를 뚫어져라 바라보았다.

"용서해주는 거지?" 판초가 기어들어가는 목소리로 말했다.

침묵. 그리고 무색한 말 울음소리.

"그래, 좋아." 마침내 귀스타브도 입을 열었다. "용서할게. 그러니까 이제 거기서 어떻게 빠져나왔는지 말해봐."

"모르겠어." 판초가 말을 쏟아냈다. "정말 끔찍한 악몽이었어. 나는

가라앉고 또 가라앉았어. 마침내 흙으로 뒤덮였을 때 생각했지. 이제 곧 질식해 죽을 거라고! 그런데 돌과 진흙으로 완전히 에워싸였는데도 숨을 쉴 수가 있었어. 그러더니 갑자기 대포의 포탄이라도 된 듯한 느낌이 드는 거야. 후유! 어둠을 뚫고 그대로 날아가 마치 홈통 안을 지나가는 번개처럼 지하 세계 한가운데를 통과했지. 그리고 멈췄어. 아주 느닷없이 말이야. 점점 더 높이 올라가는 기분이 들었어. 그러더니 갑자기 주변이 환해지기 시작하는 거야. 머리가 흙속에서 나온 거였지. 다음엔 목, 그리고 다리까지, 온몸이 다시 풀려났어. 눈 깜짝할 사이 나는 다시 단단한 바닥에 네 발을 딛고 서 있었어. 그리고 다음 순간 네가 내 등 위에 올라앉아 있었어. 지금 이렇게 말이야."

"이 숲에서 아주 이상한 일들이 있었어." 귀스타브가 곰곰이 생각에 잠겨 말했다.

"우린 이제 숲에 있는 게 아니야." 판초가 음울하게 대답했다. "여기는 괴물들의 제국이라고. 언젠가 들은 적 있지. 영원한 어스름의 나라. 이곳에는 결코 온전한 낮이 오지 않아. 어스름해졌다가 밤이 되고, 다시 어스름해졌다가 또 밤이 되지. 낮이 이 나라를 밝히기를 거부하고 있다고들 하더군. 태양도 해질녘 잠시 이곳을 지나칠 뿐이고."

귀스타브는 긴장된 얼굴로 계곡을 내려다보았다. 이상하게 생긴 그림자들이 눈에 띄었다. 수없이 많은 그림자가 움직이고 있는 듯 보였는데, 빛이 사라지고 있는데다 거리도 너무 멀어 정확히 무엇인지는 분간하기 어려웠다.

"괴물들이야." 묻지도 않았는데 말이 속삭였다. "이 세상에 존재하는 가장 끔찍한 것들이지."

"난 그중에서도 가장 무시무시한 놈을 찾고 있고." 귀스타브는 그렇게 말하고 판초와 함께 언덕을 내려와 어두운 계곡으로 향했다.

려오는 데는 제법 시간이 걸렸다. 발을 헛디뎌 낭떠러지 아래로 굴러떨어지지 않으려고 판초가 천천히 조심스럽게 걸음을 내디뎠기 때문이었다. 그사이 모습을 드러낸 보름달이 어두운 구름 사이로 이곳저곳을 훔쳐보고 있었다. 하얀 달빛이 닿은 자리에서는 부자연스러운 비율의 회색 형체들이 밤을 뚫고 자라났다. 이글거리는 눈의 몇몇 형체는 꺼억꺽 울며 으르렁대다가, 달빛이 옮겨가면 다시 자비로운 암흑 속으로 숨어들었다. 그저 바윗덩어리이거나 쓰러진 나무려니 여겼던 것들도 이따금 소리 없이 움직이고 있었다. 셀 수 없이 많은 다리를 가진 길고 가느다란 생물은 길을 획 가로질러 밤그늘 속으로 모습을 감추었다.

어디선가 가죽 채찍을 휘두르는 듯한 소리가 났다. 수차례 계속되는 그 소리는 귀스타브의 머리 위 그리 멀지 않은 곳에서 울리고 있었다. 여기저기 어둠 속에서 숨소리와 바스락거리는 소리가 나면, 그에 대답이라도 하듯 어디선가 가느다란 휘파람 소리, 아득한 울음소리가 따라나왔다.

"재수없으면 자기도 모르는 사이 세상에서 가장 무시무시한 괴물과 맞닥뜨리게 될지 몰라." 판초가 속삭였다. 한껏 낮춘 목소리에는 긴장이 가득했다. "어쩌면 지금 우리 머리 위에 있을지도 모르지. 덩치는 산처럼 크고, 팔 대신 수십 개의 촉수가 달려 있고, 어둠 속에서도 멀리까지 내다볼 수 있는 거대한 외눈박이 괴물이 말이야. 우리 양옆으로 서 있는 저 아름드리나무들 보여? 어쩌면 저건 나무가 아닐지 몰라. 괴물의 다리일지도 모른다고."

"상상의 나래는 그만 좀 접어두는 게 어때?" 귀스타브가 판초의 말을 가로막고 나섰다. "정말로 이 어둠 속에 괴물들이 숨어 있다면 놈들이 우리를 덮치러 오는 소리라도 좀 들을 수 있으면 좋겠는데."

바로 그 순간, 하늘을 덮고 있던 구름이 걷히기 시작했다. 귀스타브와 판초는 그제야 자신들이 이미 한참 전부터 드넓은 폐허를 지나고 있었음을 알게 되었다. 폐허 위에는 오랜 옛날 허물어진 성벽의 일부인 듯 육중한 직육면체의 돌기둥들이 서 있었다. 이제는 무용지물인 성문이 여기저기 입을 벌리고 있고, 도처에 무너져내린 돌들이 길을 가로막고 있어 판초는 한 발 한 발 겨우 앞으로 나아가고 있었다.

창백한 달빛 아래, 잔해들은 서로서로 쐐기 모양으로 맞물린 빙산처럼 보였다. 그 위에 웅크리고 앉은 부엉이 무리들이 우주로부터 내려온 차가운 빛을 그 커다란 동공으로 되받아내고 있었다.

"지진이 있었나봐." 귀스타브가 말했다.

"난 괴물 쪽에 걸겠어." 판초가 두려움 가득한 목소리로 대꾸했다.

"어떤 공포가 이곳을 덮쳤는지, 그게 궁금한 거지?" 황량한 폐허 위로 불쑥 목소리 하나가 들려왔다. 지하 감옥 안에서 새어나오는 듯, 굵고 음산하고 구슬픈 목소리였다.

혼비백산하기는 판초나 귀스타브나 마찬가지였다. 깜짝 놀란 귀스타브는 고삐를 움켜쥐고 창을 휘둘렀고, 앞다리를 번쩍 든 판초는 생쥐들에게 포위라도 된 양 뒷다리로 그 자리에서 뱅글뱅글 돌았다. 순간 희끄무레한 달빛이 구름을 뚫고 나와 곧장 괴물의 머리 위로 떨어졌다. 괴물은 그들이 있는 데서 불과 몇 미터 앞 부서진 성벽 위로 기대서 있었다. 괴물이 말했다. "나야."

머리에 용의 해골을 쓴 괴물이었다. 두 팔은 마디마디 옹이진 나무였는데, 그 끝에는 식물의 줄기처럼 생긴 부드럽게 휘어지는 촉수가 붙어 있었다. 다른 부분은 감사하게도 성벽에 가려 보이지 않았다. 갈라진 틈 여기저기 비집고 나온 집게팔로 보아 성벽 뒤에 숨겨진 나머지 부분은 상상할 수 없을 만큼 끔찍할 것 같았다.

"어디 보자…… 그래, 괴물들의 계곡을 찾아온 건가?" 괴물이 공허한 목소리로 물었다.

텅 빈 괴물의 오른쪽 눈에서 커다란 거미 한 마리가 기어나와 잽싸게 성벽을 타고 내려왔다.

"저…… 그래." 귀스타브가 얼른 대답했다. "좋은 밤이지?"

"그냥 지나치는 길인가? 설마 여기서 휴가를 보내려고 일부러 찾아온 것은 아닐 테고. 으스스하지 않니? 이 황량한 숲이? 여기저기서 탄식하는 말라비틀어진 채소들은? 한없이 우울하게 만드는 이 날씨는 어때? 이곳은 마치 유리 덮개 아래 갇혀 겨우겨우 살아가는 것처럼 답답하지." 해골은 깊은 한숨을 쉬었다.

귀스타브는 말에서 내렸다. 겉모습은 혐오스럽기 짝이 없었지만 교

양 있는 괴물 같았다. 그래서 귀스타브는 창을 집어넣고, 투구도 벗어 판초 곁에 놓아두었다. 싸우고자 하는 게 아님을 보여줄 요량이었다. 하지만 투구 아래 쓴 철모는 쓰고 있는 게 나을 듯했고, 만일을 대비해 칼도 그대로 허리춤에 차고 있었다. 그는 땀이 홍건한 손으로 칼자루를 쥐고서 괴물과 대치한 채 뾰족한 직육면체 바윗덩어리 위에 균형을 잡고 섰다.

석회처럼 허연 괴물의 머리가 비죽 솟은 성벽의 풍경은 특히 역겨운 것들만 선호하는 관객을 위한 작품을 올리는 거대한 인형극장 같은 인상을 주었다. 귀스타브는 한 걸음 앞으로 나아갔다. 그러고는 용기를 내어 기사다운 품위를 지키려고 애쓰며 늠름한 목소리로 말했다.

"네가 바로 이 세상에서 가장 무시무시하다는 그 괴물이냐?"

성벽 그늘에서 바지직, 칙칙 소리가 나더니 괴물의 촉수 몇 개가 갈라진 성벽 틈 사이로 사라졌다가 다시 다른 곳을 비집고 나왔다. 커다란 해골을 쳐드는가 싶었지만 해골은 마치 가느다란 꼬챙이에 꽂힌 무시무시한 사육제 가면처럼 볼썽사납게 늘어지고 말았다.

"내가 세상에서 가장 무시무시한 괴물이냐고?" 괴물이 물었다. "그래, 내가 바로 그……" 괴물은 그다음 내용을 계속 이어가기 위해 용의주도하게 말을 끊었다. "그…… 그랬지. 오래전, 아주 오래전에는……" 괴물은 다음 말을 입 밖에 내기가 두려운 듯 또다시 멈추었다. 그러곤 무거운 한숨을 내쉬며 말을 이었다.

"하지만 또다른 괴물이 등장했지! 아니, 원래 그전부터 있던 놈이긴 했어. 그놈이 시간이 지나면서 점점 더 끔찍해진 거야. 그래, 나는 기껏해야 세상에서 두번째로 끔찍한 괴물이야. 나는 근심이라고 하지." 괴물은 머리를 숙여 인사하고는 오래된 오르간의 풀무에서 바람이 새어나오듯, 땅이 꺼져라 한숨을 쉬었다.

"그렇다고 겁먹을 것까진 없어." 이쪽에서 입을 열기도 전에 괴물이 말을 이었다. "대놓고 직설적인 질문을 했다고 해서 배려심이 부족하다고 탓하지는 않을게. 내 몰골을 보면 우유도 금세 상해버릴 테니까. 언젠가 잔잔한 물에 내 모습을 비춰봤다가 까무러칠 뻔했지. 그땐 그래도 지금보다 훨씬 매력적이었는데."

그때 기억이 떠오르는지 괴물은 고통스럽게 신음했다. "대체 무슨 이유로 근심이 이렇게 끔찍해졌는지 궁금하겠지. 안 그래?"

"그, 그래." 귀스타브는 그렇게 대답했다. 사실 별로 궁금하지 않았지만(그러기에는 너무 흥분해 있었다) 일단은 괴물의 말에 맞장구쳐주는 게 현명한 일일 듯싶었다.

"바로 그게 가장 끔찍한 내 특성 중 하나야. 사람들이 나를 너무 당연하게, 으레 있어야 하는 걸로 받아들이는 것 말이야!" 괴물은 공허하게 웃었다. 성벽에서는 괴물이 온 힘을 실어 누르는 듯 으드득 소리가 났다.

"네 주위를 한번 둘러봐. 내 힘이 얼마나 셌는지 한번 보라고! 나는 오래전부터 이곳에 재앙을 불러왔어. 아주 잘해냈지! 남자, 여자, 어린아이까지 사회적인 지위나 성격, 아무것도 따지지 않고 닥치는 대로 잡아먹었지. 배려? 그런 건 없어. 무자비한 냉혈한에 인정머리라곤 약에 쓰려고 해도 없다고. 간단히 말하지. 나는 죽음의 종, 그것도 가장 뛰어난 종들 중 하나지."

귀스타브는 귀를 기울였다.

"네가 죽음의 종이라고?"

"우리 모두 그의 종이 아니었던가?" 괴물은 따분하다는 듯 손을 내

젓더니 얘기를 계속했다. "그런데 어느 날이었어. 갑자기 온몸에 피로가 느껴지는 거야. 그래서 이렇게 성벽에 잠깐 기대 있기로 했지. 물론 아주 잠시 말이야."

해골이 깊은 마른기침을 했다.

"그런데 지금 너도 보다시피, 아직까지 여기 이렇게 기대 있지 뭐야. 벌써 몇 년이 지났는데도. 생각해보면 그사이 나에게 무언가 결정적인 사건이 있었던 게 틀림없어. 그런 것 같지 않니?"

귀스타브는 고개를 끄덕였다. 이번에는 그냥 예의를 차리기 위해서만은 아니었다. 괴물에게 무슨 일이 있었는지 정말로 궁금했다.

"나에게 근심이 생기기 시작한 거야! 내 존재에 대한 의문이 생기기 시작했어! 상상할 수 있겠니? 근심이 근심을 낳았다고! 돌이켜보면, 난 정말 어리석었어. 아무리 생각해봐도 성공을 바랐다면 현명한 행보는 아니었으니까! 무슨 말인지 알겠니, 꼬마야? 그 순간, 근심이 생기기 시작한 바로 그 순간 나는 세상에서 가장 끔찍한 괴물의 자리를 잃어버린 거야."

"하지만 지나치지 않은 자기 의심은 때론 바람직한 게 아닐까?" 귀스타브는 어떻게든 한마디 거들고 싶어 말했다.

"의심?" 괴물은 버럭 소리를 질렀다. "우린 지금 건강한 회의懷疑에 대해 말하고 있는 게 아니야, 이 꼬마 친구야! 그래, 나는 의심을 품었던 게 아니라 근심을 키웠던 거야. 그 차이는 그러니까…… 그러니까, 사고하는 것과 몽상하는 것의 차이와도 같지. 나는 온갖 것을 생각하기 시작했어. 생각할 수 있는 거라면 하나도 빼놓지 않고 모조리! 건강, 장래, 현재, 심지어 이제는 아무 의미도 없어진 지나간 과거에 대해서까지."

해골이 골골 소리를 내며 웃었다. "그래. 나는 그렇게 근심했고, 그러다가 지금 네가 보다시피 이 꼴이 됐지. 말라비틀어진 죽은 나무에 붙은 뼈다귀들, 뿔과 돌, 신경도 없는 이빨에 눈동자 없는 텅 빈 눈구멍, 힘없는 두 팔." 괴물은 밤하늘에 간청하듯 나무로 된 촉수를 높이 쳐들었다. 그러나 촉수는 금방 다시 측은하게 떨며 힘없이 툭 떨어지고 말았다. 거미가 다시금 성벽을 기어올라가 괴물의 텅 빈 눈 속으로 사라졌다. 길고 낮은 한숨과 함께 앙상한 해골의 한탄도 끝이 났다.

'이 녀석은 세상에서 가장 끔찍한 괴물이 아니야.' 귀스타브는 생각했다. '너무 심약하잖아. 여기서는 시간만 낭비하겠어.'

"여기선 시간만 낭비할 거야, 친구! 내 심약한 수다가 따분할 테니까." 괴물이 나지막이 말했다.

귀스타브는 움찔했다. 괴물이 자신의 머릿속을 훤히 들여다보고 있는 듯해서 괜히 기분이 찜찜했다.

"그래도 길을 떠나는 네게 뭔가 줄 만한 게 있을 거야. 위대한 사상, 뭐 그런 건 못 되지만 충고 하나 해주지. 그건 말이야, 바로 이거야. 지금 이 순간을 즐기라는 것!"

언젠가 그런 글귀를 본 적이 있는 듯했다. 일력이나 그런 데서.

"그래, 나도 알아. 비슷한 글귀를 언젠가 일력 같은 데서 봤겠지, 안 그래? 하지만 아무리 자주 들어도 지나치지 않은 말이야."

"명심할게." 귀스타브는 공손하게 말한 다음 천천히, 뒷걸음질로 괴물에게서 멀어졌다.

"그래, 나는 이제 세상에서 가장 무시무시한 괴물이 아니야." 괴물이 혼잣말처럼 중얼거리는 소리가 들렸다.

"하긴 아직도 끔찍하기는 하지. 하지만 그것도 여기서는 기껏해야 중간밖에 안 돼. 계곡 산비탈에 있는 그 우스꽝스럽기 짝이 없는 머리

둘 달린 거대한 달팽이처럼 동정심을 자극해서 불쌍하게 보이는 것도 아니고, 그렇다고 기사를 잡아먹는 파란 피 호수의 거대한 악어처럼 엄청나게 괴물같이 무섭지도 않아. 그저 끔찍함의 평균치일 뿐이야."

순간 귀스타브는 감전이라도 된 듯 그 자리에 멈춰 서고 말았다.

"방금 기사를 잡아먹는 파란 피 호수의 거대한 악어라고 했어? 흥미로운걸. 그 정도라면 그야말로 세상 모든 괴물을 통틀어서 가장 무시무시한 괴물일 것 같은데?"

"뭐, 자기는 그렇다고 주장하긴 하지."

"그래? 그리로 가는 길을 좀 설명해줄 수 있겠어?"

"아주 간단해. 우선 계곡 끝에서 말을 타고 산을 올라가다가 흐느끼는 골짜기의 급류 아래를 지나. 거기서 슬픈 해류의 계곡으로 들어간 다음 다시 수수께끼 거인들의 고원을 지나면 부글부글 끓는 악취의 산에 닿을 거야. 거기, 제일 심하게 악취를 뿜으면서, 에 그러니까 부글부글 끓어오르는 곳이 바로 파란 피 호수야." 괴물이 후유 숨을 몰아쉬었다.

"고마워." 귀스타브가 인사했다.

"나도 만나서 반가웠어." 괴물이 촉수 하나를 흔들어 보였다. "그런데 떠나기 전에 한 가지 물어볼 게 있어. 내가 말하는 동안 이야기의 핵심이 어디 있는지는 전혀 생각해보지 않았니?"

"아, 나도 그 핵심이 맘에 들었어." 귀스타브는 어색하게 웃어 보였다.

"어쨌거나 좋아. 그런 건 있지도 않았지만."

귀스타브는 몇 걸음 뒤로 물러서면서 괴물을 향해 빙그레 웃어 보였다. 작별의 손짓도 잊지 않았다. 잠시 후 뒤돌아선 그는 폐허의 잔해를 넘어 얼른 판초가 있는 곳으로 뛰어가 안장에 올랐다. 판초는 달리기 시작했다. 순간 정지 상태로 돌아간 괴물은 또다시 고독한 우울의 기넘물로 굳어가고 있었다.

그들은 괴물들의 계곡을 한참 더 달려야 했다. 황량한 폐허를 뒤로하고 메마른 잡초를 헤치고 나가, 다시 벌판에 무수히 널린 사람과 짐승의 해골을 넘었다. 암석지대의 지배권을 넘겨받기라도 한 듯 곤충들이 떼 지어 윙윙거리며 지나갔고, 생쥐들도 무리 지어 지나갔다. 하지만 괴물은 그 어디서도 만나볼 수 없었다. 이튿날 아침이 될 때까지 그들이 마주친 건 계곡 초입쯤 새벽안개 속에서 한가로이 풀을 뜯는, 머리가 둘 달린 거대한 달팽이 두 마리가 전부였다. 그 둘 사이를 지나 가파르게 경사진 길을 따라가자 어느새 그들은 계곡을 벗어나 산을 오르고 있었다.

산길이 끝나자 그들 앞으로 숨막히는 풍경이 펼쳐졌다. 넓은 잿빛 바위 계곡이었다. 길은 아까보다 좁았지만 계곡은 훨씬 더 깊었다. 위쪽은 뾰족뾰족한 바위로 둘러싸여 있고 아래쪽은 일렁이며 피어오르는 안개가 자욱했다. 가파른 암벽에서는 열두 줄기의 폭포수가 곤두박

106

질치고 있었다. 떨어지는 물소리는 끝없이 울리는 우레와 같았고, 흩어지는 포말은 영원한 비와 같았다. 뭉게뭉게 피어오르는 연무 위로 검푸른색 새들이 낮게 원을 그리며 날았다. 새들의 소름끼치는 울음소리에 등골이 오싹했다.

"여기가 틀림없어. 흐느끼는 골짜기야." 귀스타브가 말했다. "썩 쾌적한 곳은 아니군. 하지만 이곳을 지나가지 않으면 안 돼. 저 급류를 뚫고 지나가야 한다고."

"갈수록 태산이라더니." 폭포 아래로 지나가는 수밖에 없다는 사실을 깨닫고 판초가 말했다. 폭이 채 1미터가 되지 않는 그 길은 평평한 곳이 한 군데도 없이 온통 울퉁불퉁한데다 수초가 무성하게 자라 미끈거리는 물웅덩이가 사방에 널려 있었던 것이다. "이 고생을 하는 보람이 있었으면 좋겠네." 판초가 웅얼거렸다.

"내 목숨이 달린 일이야!" 귀스타브가 대꾸했다.

"내 목숨도 달렸어." 판초는 그렇게 대꾸하며 한 발 한 발 중심을 잡으며 조심스럽게 앞으로 나아갔다.

오르락내리락하기를 몇 번, 왼쪽은 낭떠러지, 오른쪽은 깎아지른 절벽, 그리고 밟히는 건 여전히 미끄러운 암석이었다. 이따금 사람 몸뚱이만한 물줄기 아래를 뚫고 가기도 했다. 귀스타브의 갑옷 속으로 얼음처럼 차가운 물이 들어와 찰랑거렸다. 다시 오르막길만 한참 이어졌다. 판초는 쉬지 않고 투덜거렸다. 그리고 마침내, 바위들이 별안간 갈라지더니 산속에 숨어 있던 비옥한 초원이 눈앞에 나타났다. 초원은 부드러운 능선을 그리며 또다른 계곡으로 흘러들고 있었다. 계곡 밑으로 작은 시내가 흐르는 듯 대기중에 나지막이 물 흐르는 소리가 들려왔다.

"슬픈 해류의 계곡이야." 귀스타브가 소리쳤다.

"전혀 슬퍼 보이지 않는걸." 그제야 마음이 좀 놓이는지 판초가 대꾸했다. "게다가 해류 따윈 있지도 않잖아."

판초는 계곡 쪽으로 뒤뚱뒤뚱 걸어갔다. 거기엔 정말로 맑은 개울이 태양 아래 황금빛으로 반짝이는 작은 자작나무숲을 지나 졸졸졸 흐르고 있었다. 지저귀는 새들이 원을 그리며 날아다니고, 나비와 잠자리가 붕붕 소리를 내며 나풀거렸다. 판초는 얼른 물가로 다가가 목을 축였다. 귀스타브도 말에서 내려 시원한 물가에서 지친 몸을 달랬다. 잠시 후 다시 안장 위로 펄쩍 뛰어오를 때, 귀스타브의 눈에 멀리 성 하나가 들어왔다. 높은 언덕 위에 서 있는 그 성에는 탑이 아주 많았다.

"다시 문명사회로 돌아온 것 같은데." 이토록 평화로운 풍경 속에서 세상에서 가장 무시무시한 괴물이 산다는 호수를 어떻게 찾아야 할지 걱정되었다. 주변 어디를 둘러보아도 괴물 따위와는 전혀 상관없어 보였다. "일단 저 위에 있는 성에 한번 가봐야겠어. 지혜로운 왕이나 아름다운 공주, 아니면 호수로 가는 길을 설명해줄 만한 누군가가 살고 있을지도 모르잖아."

"그래." 성을 향해 지친 발굽을 내디디며 판초가 한숨을 내쉬었다. "그럴 거야. 저기엔 분명 지혜로운 왕이나 아름다운 공주가 살고 있을 거야. 또 모르지, 둘 다 있을지도. 어쩜 네게 케이크를 구워줄지 몰라."

하지만 언덕을 오를수록 성은 점점 더 멀어지는 듯했다. 주변이 점점 더 짙은 안개에 감싸여 시야에서 완전히 사라졌다가 이쪽에서 잠깐, 저쪽에서 살짝 모습을 드러낼 뿐, 좀처럼 가까워지지 않았다. 알아볼 수 있는 것은 아득한 실루엣이 고작이었다. 그러다 축축하게 젖은 안개가 사위를 집어삼키는가 싶었다. 마침내 안개가 걷히고 거대한 암

벽이 나타났다. 귀스타브가 성이라고 생각하고 다가간 것은 다만 절묘하게 이어진, 깎아지른 거대한 암벽이었던 것이다.

"이런 말은 별로 하고 싶지 않지만, 아무래도 산의 정령의 꾐에 넘어간 것 같아." 판초가 말했다. 그들이 서 있는 곳은 풀들이 듬성듬성 자라는 척박한 바위 고원 위였다.

귀스타브의 입에서 한숨이 흘러나왔다.

"높은 산에서 흔히 할 수 있는 착각이야." 판초가 설명했다. "어이없는 일이지만 산은 탑과 흡사하게 생겨서 종종 깜짝깜짝 놀라게 하지. 시계는 흐리지, 게다가 공기가 희박하니 시각에 영향을 미치고 뇌의 활동도 둔해지지. 그러니까 종종 그런 착각을 일으키게……"

"에잇, 조용히 좀 해!" 귀스타브는 버럭 소리를 지르고는 판초의 옆구리를 거칠게 걷어찼다. 깜짝 놀란 판초는 입을 다물었다. 오랜 연륜에서 나온 판초의 입바른 소리가 귀스타브의 신경을 긁기 시작한 것이다.

그들은 벌써 한참을 여기저기 바윗돌이 널린 고지를 걷고 있었다. 방향감각은 잃어버린 지 오래였다. 귀스타브는 계속해서 같은 곳을 뱅뱅 돌고 있는 것은 아닐까 두려웠다. 조각조각 흩어진 옅은 안개가 바위 사이를 떠돌고, 잿빛 구름이 창공을 덮고 있었다. 마지막 저녁놀 속에서는 겁이 날 만큼 날개가 큰 검은 새들이 먹잇감을 찾아 고원 위를 맴돌고 있었다. 문명의 흔적이라고는 어디서도 찾아볼 수 없었다. 피로와 허기가 귀스타브와 판초를 겁쟁이로 만들었다.

"여긴 바위 고원이야." 판초가 넋두리를 했다. "케이크 따윈 없다고."

"오늘밤은 교양 있는 성주의 가족들 틈에서 진수성찬을 대접받게 될 줄 알았는데." 귀스타브가 한숨을 쉬었다. "오리구이에 감자경단 같은 걸 먹으면서 말이야. 현악 연주도 좀 곁들이고."

"고기 요리도, 퇴폐적인 귀족도, 짐승의 말린 내장을 긁어대는 소리도 난 필요 없어." 아래쪽에서 판초가 대꾸했다. "하지만 귀리 한 자루 정도는 뭐 나쁘지 않겠지."

둘은 짜증스런 마음으로 계속 걸었다. 그렇게 얼마쯤 지났을까. 귀스타브는 불현듯 아까 그 암벽들이 아련한 광채 속에서 빛나는 것을 보았다. 바위들은 무슨 크리스털이나 금속이라도 되는 듯 묘한 섬광을 띠고 있어, 바위 고원 전체가 은가루를 뿌려놓은 듯 반짝이고 있었다. 대체 무슨 일인지 판초에게 묻기도 전에 딛고 있던 암벽이 덜컥 소리를 냈다. 거대한 바윗돌들이 이리저리 몸을 흔들고 지진이라도 난 듯 단단하던 바닥이 심하게 진동했다. 데굴데굴 굴러온 바윗돌들이 자연의 법칙을 거스르고 차곡차곡 쌓이더니 티탄*의 눈사람 같은 형상들을 만들어냈다. 그리고 다음 순간, 바위들은 갑자기 용암처럼 녹아 뒤섞여 사람과 비슷한 형상으로 바뀌었다.

녹아서 흘러내린 바위 위로 불쑥 얼굴과 손과 다리, 팔이 솟아나더니 눈이 튀어나오고 이빨이 드러났다. 순식간에 자라난 덥수룩한 머리칼은 철사처럼 굵고 튼튼해 보였다. 잠깐 사이 여섯 명의 거인이 눈앞에 나타났다. 거칠게 생긴 근육질 거인들 모두 키가 5미터는 족히 되어 보였다. 헝클어진 구레나룻을 기른 그들의 울퉁불퉁한 주먹에는 도끼와 곤봉이 들려 있었다.

귀스타브와 판초는 그 자리에서 몸이 굳어버렸다.

"나는 거인 **테마크티마**다!" 그중 한 거인이 쩌렁쩌렁 소리치며 판초를 가로막았다.

---

* 그리스신화에 나오는 거인족.

"나는 거인 **올로기비**!" 또다른 거인이 소리쳤다.

"나는 거인 **조포하일리프.**"

"나는 거인 **에조미트로나.**"

"나는 거인 **키지프.**"

"나는 거인 **파이호그레가.**"

거인들은 각자 자기 이름을 말하며 귀스타브와 판초를 둥글게 에워쌌다.

'여섯 거인의 이름을 알아맞혀라.' 귀스타브의 뇌리에 퍼뜩 떠오른 생각이었다. '까맣게 잊고 있었어. 세번째 임무야.'

거인들은 손에 든 무기를 휘두르며 점점 더 가까이 왔다.

"원하는 게 대체 뭐야?" 자기와는 덩치가 비교도 안 되는 여섯 놈을 어떻게 처치해야 할지 열심히 머리를 굴리면서, 귀스타브는 바보처럼 물었다.

"넌 우리 이름을 알아맞혀야 해!" 거인들이 큰 소리로 합창했다.

"그야 간단하지!" 귀스타브가 말했다. "올로기비, 테마크티마, 조포하일리프, 에조미트로나, 키지프, 그리고 파이호그레가. 방금 너희 입으로 직접 소개했잖아."

"젠장!" 파이호그레가였다.

"빌어먹을!" 테마크티마도 웅얼거렸다.

여섯 거인은 한순간 멍하니 서서 어이가 없다는 듯 서로 시선을 주고받았다. 그러나 곧 머리를 맞대고 의논하는 듯 잠깐 웅성거리더니 이윽고 이구동성으로 외쳤다. "바로 그거야!" 그들은 다시 귀스타브를 향해 돌아섰다. 자신을 올로기비라고 소개한 거인이 성큼 앞으로 나섰다.

"그건 말이지, 에, 그건 진짜 우리 이름이 아니야, 결코! 그건, 에, 그러니까 애너그램이었어."

"맞아, 그건 애너그램이었지. 우리 이름은 아니라고." 테마크티마가 맞장구를 쳤다.

"그래, 우리 이름은 전혀 다른 거야."

거인들 모두 과장되게 고개를 끄덕였다.

"애너그램?" 귀스타브가 물었다. 언젠가 들어본 적이 있는 것 같았지만 순간적으로 정리가 잘되지 않았다.

"철자를 뒤바꿔서 새로 만든 단어라는 뜻이야." 판초가 나직이 속삭였다. "아무래도 빌어먹을 지식인들인 것 같군. 힘들겠어."

"그래, 바로 맞혔어." 올로기비가 말했다. "우린 학자들이지."

그러자 테마크티마가 얼른 그의 정강이를 걷어찼다.

"이 멍청아!"

"알았다!" 뭔가 알아낸 듯 판초가 목소리를 낮췄다. "학자, 바로 그거야! 뜻하지 않게 힌트를 주고 말았군. 저들은 그냥 지식인이 아니었어! 바보 같은 지식인들이었다고!"

귀스타브는 곰곰이 생각했다. 철자를 뒤바꾸었다. 학자들이다. 올로기비, 테마크티마, 조포하일리프, 에조미트로나, 키지프, 파이호그레가. 흠.

"질문 좀 해도 될까?" 귀스타브는 정중히 물었다.

"아, 물론." 조포하일리프가 대답했다.

"솔직히 대답해줄 수 있어?"

"유감스럽지만 그래, 그러지 뭐. 하지만 '예, 아니요'로만 한다."

"좋아." 귀스타브가 말했다. "첫번째 질문. 너희는 학문에 도구를 사용하니?"

"그럼!" 에조미트로나가 불쑥 대답했다. "나 같은 경우는 거인용 망

원경을 쓰지! 사실 그걸로 오래전부터 널 관찰해왔어! 구름 속에 있는
우리 성에서도 죄다 보인다고!"큰 소리로 뽐내며 그는 귀스타브가 계
곡 밑바닥에서 보았던, 동화처럼 신비로운 성이 있는 쪽을 가리켰다.
정말 알 수 없는 일이었다. 성이 어느새 다시 그 자리에 서 있는 것이었
다. 옅은 안개로 살짝 덮여 있을 뿐, 성은 톱니 모양형으로 이어진 망루
까지 모습을 선명히 드러내고 있었다. 그러나 귀스타브는 감탄하고 있
을 시간이 없었다.

"내 눈에서 벗어날 수 있는 것은 아무것도 없어!"에조미트로나가
웅웅거리는 소리로 말을 이었다. "내 망원경은 천억 배 줌이 가능하거
든. 토성에서 개미가 오줌 누는 것까지 다 보인다니까."

"토성에 개미가 있다고?"

"그럼." 그새 조금 상냥해져서는 에조미트로나가 말했다. "개미는
어디에나 있어. 토성의 개미는 머리가 셋인데다 수은 똥을 싸긴 하지
만……"

망원경. 학자. 에조미트로나 Esomitrona. 아이나트로좀 Einatrosom. 트로조
메니아 Trosomenia. 나트로자이모 Natroseimo, 안티모로제 Antimorose.

티모로나제 Timoronase. 오로자네팀 Orosanetim……

"망원경을 가지고 별들을 관찰한다…… 에조미트로나, 진짜 네 이
름은 **아스트로노미** Astronomie, 그러니까 **천문학자**구나!"

"이런 젠장!" 천문학자가 난처함에 고개를 숙이자 다른 거인들이 주
먹을 쥐어 보이며 입 싼 그를 나무랐다.

"다음 차례." 귀스타브가 올로기비를 가리키며 딱딱하게 말했다.

아이기볼로 Eigibolo, 고이볼라이 Goibolei, 올로기비 Ologibie.

"너도 망원경을 갖고 있어?"

"아니!" 올로기비가 의기양양하게 말했다. "난 현미경을 갖고 있지!"

"입 닥쳐, 이 멍청아!" 다른 거인들이 동시에 소리를 질렀다. "'예, 아니요'로만 대답해야지!"

"현미경을 가지고 있다, 이거지!" 귀스타브가 다짐을 받았다. "그걸로 토성의 개미를 관찰하니?"

"아니! 현미경으로는 토성까지 볼 수 없어. 너, 바보구나! 나는 지구의 개미를 관찰한다고!"

"바보! 바보!" 거인들이 합창으로 야유를 보냈다.

"아하!" 귀스타브가 말했다. 현미경을 갖고 있다. 오글리바이오Oglibeio. 오일리베고Oilibego. 고바일로이Gobeiloi. 개미를 관찰한다. 바일로고이Beilogoi. 고일라이보Goileibo. 이보골라이Ibogolei⋯⋯

"올로기비, 네 진짜 이름은 **비올로기**Biologie, 그러니까 너는 **생물학자야**!"

"망할!" 생물학자가 소리치며 앞에 있던 돌을 세게 걷어찼다. 돌은 수천 개의 파편으로 부서졌다.

"다음은, 너!" 귀스타브는 가장 튼튼한데다 지저분한 거인을 가리켰다.

"파이호그레가! 네가 제일 힘이 세 보이는군. 두 손엔 굳은살이 박이고 장화에 흙도 제일 많이 묻어 있어. 너한테 가장 중요한 도구는 손과 발이겠지?"

"어, 그래, 맞아." 파이호그레가가 시인했다.

"잘한다!" 판초가 갈채를 보냈다.

파이호그레가Peihogrega. 호그레가파이Hogregapei, 그레고하이파Gregoheipa.

"땅을 곧잘 파헤치나?"

거인은 얼굴이 벌게져서는 고개를 숙였다.

"응." 그가 말했다.

땅을 곧잘 파헤친다. 파그레고하이Pagregohei. 가이호파그레Geihopagre.
호그라이게파Hogreigepa.

"장화에 묻은 그 흙도 그렇고…… 나다니기를 좋아하는군. 그렇지?
많이 돌아다녔지?"

"그래." 거인이 웅얼거렸다.

가거파이호Gagerpeiho. 많이 돌아다닌다. 포그라이하게Pogreihage. 아이헤
페그로그Aihepegrog. 헤파이가그로Hepeigagro……

"너는 **게오그라피**Geographie, 그러니까 **지리학자**구나!"

"그래, 맞아!" 지리학자가 분하다는 듯 낮게 으르렁거렸다. 다른 거
인들이 지리학자에게 야유를 퍼부었다.

귀스타브는 다음 거인을 지목했다. 게임이 차츰 재미있어지기 시작
했다.

"너! 테마크티마Themaktima, 너는 무슨 기계를 이용하지?"

"그건 네가 알아맞혀야지. 나는 오로지 '예, 아니요'로만 대답해."

"그럼, 그렇고말고!" 다른 거인들이 가세했다. "본때를 보여줘!"

"아, 그렇군. 너는 꽤 논리적이구나. 그럼 극히 정확한 학문을 대표
하겠지, 안 그래?"

"응, 그건 맞아."

"좋았어. 메트로놈을 사용하나?"

거인이 껄껄 웃었다. "전혀!"

메타티마크Metathimak.

"육분의?"*

116

"그것도 아니!"

마히크타템Mahiktatem.

"분젠등은?"

"잘못 짚었어."

아티크테마Atikthemma.

"624528 나누기 236은 얼마지?"

"말하지 않을 거야. 나는 '예, 아니요'로만 대답할 수 있으니까." 거인이 고집스레 버텼다.

"흠." 귀스타브가 말했다. "그럼 이 질문에 대답해봐. 624528을 236으로 나누면 얼마가 되는지 대답할 수는 있어?"

"그야, 물론!" 테마크티마가 말했다.

"못 믿겠는걸!"

"할 수 있다니까!" 자존심이 상한 듯 테마크티마가 대꾸했다.

"아니, 믿을 수 없어. 그런 계산을 암산으로 하다니 누구도 불가능한 일이야."

"암산 같은 건 하지 않아도 돼!" 거인이 소리쳤다. "주판은 괜히 갖고 다니는 줄 알아?" 거인은 거의 반사적으로 바지 주머니에 손을 집어넣더니 나무로 만든 주판을 꺼내 보란듯이 높이 쳐들었다.

메타힘타크Metahimtak. 타히멤타크Tahimemtak. 히타탐켐Hitatamkem.

"주판을 쓴다…… 그래, 너는 **마테마티크**Mathematik, **수학자야.**"

거인은 들고 있던 주판을 냅다 바닥에 내동댕이치더니 마구 짓밟아 버렸다.

＊두 점 사이의 각도를 정밀하게 재는 계기.

귀스타브는 이제 마지막 두 후보 쪽으로 고개를 돌렸다.

"조포하일리프Sophoheilip! 질문 하나 하지……"

"조심해!" 다른 거인들이 외쳤다. "꼬마가 널 속이려 해!"

"네 학문에도 무언가 도구가 필요하겠지?" 귀스타브가 예리하게 물었다.

"아니!" 조포하일리프가 빙그레 웃으며 답했다. "내 학문엔 도구 따윈 필요 없어."

"대답 잘해!" 거인들이 소리쳤다.

도구가 불필요한 학문이라. 폴리피호제Poliphihose. 호제피홀리프Hosepiholip. 홀리피헤조프Holipihesop.

"어째서 도구가 필요 없지?"

"도구로 측량이 안 되는 것을 연구하는 학문이기 때문이지. 아차!"

조포하일리프가 얼른 손으로 제 입을 틀어막았지만 답은 이미 나온 뒤였다.

"이 바보 천치야! 조심하랬잖아!" 다른 거인들이 아우성쳤다.

측량할 수 없는 무엇을 연구하기 때문에 장비가 필요 없다. 호조피헬리프Hosopihelip. 힐로페지호프Hilopesihop. 홀리포제히프Holiposehip. 졸로피피Solophiphie.

"너는 **필로조피**Philosophie, **철학자**야. 그렇다고 다른 학자들보다 더 똑똑하지도 않구나." 귀스타브가 단정지었다.

"야, 그것참 재미있는걸." 판초가 히힝거리며 말했다. "나도 한번 해 보면 안 될까?"

"안 돼!" 귀스타브는 딱 잘라 말했다. "이건 내 임무야."

"어이, 나는 어때?" 키지프가 소리쳤다. "네 영악한 질문에 절대 넘어가지 않을 거야! 내 이름은 절대 못 맞힐걸!"

"오오, 키지프Kisyhp!" 귀스타브가 측은하다는 듯 미소지었다. "널 깜빡했구나. 사실 넌 너무 쉬워. 너한테 물어볼 필요도 없어. 철자도 겨우 여섯 개뿐이잖아. 게다가 넌 그걸 그럴싸하게 뒤섞는 수고조차 하지 않았어. 그냥 거꾸로 뒤집어놓기만 했다고. 너는 당연히 **피지크**Physik, **물리학자**지."

"그럴 줄 알았다!" 다른 거인들이 물리학자를 나무랐다. "이 둔하고 어리석은 녀석아!"

귀스타브는 당장이라도 날아갈 듯한 기분이었다. 아름드리나무만한 여섯 명의 거인 학자이자 지식인을—그것도 정신적인 결투에서—물리치다니! 죽음이 준 또하나의 임무를 완수한 것이다. 귀스타브는 고삐를 잡아당겼다. 판초가 뒷발로 몸을 지탱한 채 앞발을 번쩍 들었다.

이제 손을 들어 작별을 고할 차례였다.

"여러분, 소인은 이만 물러가겠습니다. 너희 이름을 다 맞혔으니 이제 멋진 밤을 찾아 떠나는 게 좋겠어."

귀스타브가 수학자와 생물학자 사이로 판초의 머리를 돌리자 두 거인이 바싹 다가서며 길을 가로막았다.

"잠깐!" 수학자가 말했다.

"또 뭐지?" 귀스타브가 초조하게 물었다. "내겐 아직 해결해야 할 임무가 남아 있어."

"서두르지 마, 꼬마야." 생물학자가 상냥하게, 그러나 기다리고 있었다는 듯 목소리를 낮추었다. "뭐 잊은 거 없어?"

"잊은 거?" 판초가 중얼거렸다. "뭘 잊었다는 거야?"

"무슨 뜻이지?" 귀스타브가 물었다.

천문학자가 낮게 속삭였다.

"우리가 천억 배 줌 망원경으로 너를 계속 관찰해왔다고 이미 말했을 텐데. 네가 숙제를 하나도 안 해서 우리가 얼마나 놀랐다고! 생물, 천문, 수학, 물리, 철학, 지리, 모두 말이지. 네가 잊은 건 그거야!"

다른 거인들이 같은 생각이라는 듯 투덜거렸다.

아닌 게 아니라 최근 귀스타브는 숙제를 좀 소홀히 하긴 했었다. 하지만 그는 대체로 성실하고 똑똑한 학생이었다. 숙제 몇 번 안 했다고 비난받을 것까지는 없다는 생각이 들었다.

"그래, 그래서?"

"숙제는 안 하고 앉아서 낙서만 끄적거리더군!" 수학자가 선생님께 이르듯 말했다.

"낙서가 아냐. 데생을 한 거라고!" 귀스타브가 발끈해서 대꾸했다.

"데생이라!" 생물학자가 나섰다. "그건 네 인생에 아무 도움도 안 돼! 하지만 줄기식물의 단축분지의 원리를 억지로라도 머릿속에 구겨넣는다면 언젠가는 유용하게 써먹을 때가 있다고!"

"그럼!" 수학자도 가만있지 않았다. "이항식 같은 건 실생활에서 매일같이 필요한 거야. 그런데 너는 수학은 뒷전이고, 무언가를 해부라도 할 것처럼 열심히 뜯어보고 끄적거리며 네 소중한 시간을 허비하고 있잖아."

"진심으로 걱정돼서 묻는 건데 말이지." 물리학자가 말했다. "스펙트럼 분석 방법도 제대로 모르면서 어떻게 반듯한 존재로 안정적인 인생을 설계하겠다는 거지?"

"데생을 해도 내 밥벌이는 충분히 할 수 있어." 귀스타브가 자신 있게 대답했다.

거인들은 측은하다는 듯 얼굴을 찌푸리며 서로를 팔꿈치로 쿡쿡 찔러댔다.

"이런 가엾은 꼬마를 봤나! 멍청하긴." 물리학자가 말했다.

"열대지방이 위도 몇 도와 몇 도 사이에 걸쳐 있는지도 모르면서 잘 살기를 바라다니!" 지리학자는 고개를 절레절레 흔들었다.

"데생이 더 좋다는군!" 거인들이 한꺼번에 웃음을 터뜨리는 바람에 온 바위 고원이 뒤흔들렸다. 귀스타브는 판초에 박차를 가해 급히 달아나야 할까 잠시 고민했지만 그래봐야 얼마 못 가 잡힐 게 뻔했다. 거인들에게는 몇 걸음이면 그만이었다. 곧 침착을 되찾은 거인들이 귀스타브를 근엄하게 내려다보며 안타깝다는 듯 고개를 내저었다.

"우린 앞으로 네가 당할 곤궁과 수치를 막아주고 싶을 뿐이란다, 꼬마야." 지리학자가 사뭇 자상한 어투로 말했다. "그래서 먼지가 되도록 너를 밟고 춤출 거야. 지금처럼 돌장화를 신고 말이야."

거인들이 한 걸음 한 걸음 가까이 다가왔다. 판초가 히힝거리며 뒤로 물러섰다. 귀스타브는 고삐를 팽팽히 잡아당겨 억지로 판초를 멈춰 세웠다. "먼지가 되도록 나를 밟고 춤추겠다고?"

"그게 이곳 수수께끼 거인들의 고원의 관습이거든!" 생물학자가 대답했다. "너는 오고, 우리는 너를 곤죽이 되도록 밟아주고."

"그는 오고, 우리는 그를 곤죽이 되도록 밟아주고!" 다른 거인들이 리듬을 맞추어 합창했다.

"너는 올라오고, 우리는 네가 먼지가 되도록 춤추고!" 지리학자가 외쳤다.

"그는 올라오고, 우리는 그가 먼지가 되도록 춤추고!"

거인들은 강약을 맞추어 발까지 굴러대며 춤을 추었다. 오물이 묻은

신발 밑창이 다 들여다보였다. 급기야 그들은 읊조리듯 노래를 불렀다.

"이 공명 共鳴이 들리지 않는가?
우리는 너를 곤죽이 되도록 밟아주고,
춤추고, 짓이기고, 으스러뜨리려 하네.
그것이 이 고원의 관습이지!"

귀스타브와 판초를 에워싼 거인들은 손뼉을 치고 고원이 진동하도록 발을 굴러대며 빙글빙글 돌았다. 그러기를 한참, 철학자가 갑자기 멈춰 서더니 귀스타브를 내려다보았다.
"이 고원 위에 반짝거리는 거 보여?"
사실 바위에 내려앉아 희미하게 반짝이는 은빛 가루가 벌써부터 신경쓰이던 참이었다.
"우리가 이 돌장화로 밟아 뭉갠 갑옷과 투구의 잔해야. 그게 먼지가 된 거지! 물론 그 주인들까지도 함께 말이야. 은빛 먼지로 변한 기사들이 이 고원을 반짝이게 해주는 거라고. 알겠어?" 철학자는 한바탕 껄껄 웃고는 다시 박자를 맞추어 읊조리듯 노래를 불렀다.

"빛이 돼라, 빛이 돼라, 너는 빛이 되어야 한다.
우리의 발길질에 구슬피 흐느껴라.
죽어라, 죽어라, 너는 죽어야 한다.
그러면 우리가 너를 고이 간직하마!"

거인들의 노래와 발장단이 점점 고조되면서 귀스타브를 에워싼 원도 점점 더 작아졌다.

"죽어라, 죽어라!" 거인들이 입을 모아 합창했다.

"간직하마, 간직하마!" 산 메아리가 대답했다.

"이쯤 됐으면 이제 네가 가진 그 멍청한 무기들을 좀 써보는 게 어때?" 판초가 속삭였다. "내가 그 무거운 창이며 칼, 투구를 괜히 짊어지고 다닌 줄 알아? 넌 그래도 기사잖아. 젠장, 어서! 제발 기사답게 행동해!"

귀스타브는 칼을 뽑아들었다.

"죽어야 한다, 죽어야 한다!" 거인들은 아랑곳하지 않고 마구 외쳐댔다.

"이제 어떡하지?"

"내가 시키는 대로만 해." 판초가 속삭였다. "일단 칼을 길게 뻗어, 수평으로. 그리고 그대로 있으라고. 팔에서 힘을 빼면 안 돼!"

"으스러뜨려주마, 으스러뜨려주마!" 거인들이 노래하며 둥글게 손을 맞잡았다. "고원 위에서!"

"자, 그다음엔?" 귀스타브가 최대한 목소리를 낮추어 물었다. "찔러?"

"아니." 판초가 이빨을 악물고 중얼거렸다. "좀더 가까이 올 때까지 기다려."

"더 가까이? 당장이라도 우릴 밟아버릴 기세인데." 귀스타브는 이대로 계속 판초의 말을 들어도 되는 건지 차츰 불안해지기 시작했다.

"정신 똑바로 차려. 더 가까이 다가오게 유인해야 해. 팔 똑바로 들고." 판초가 속삭였다. "침착해야 해."

"죽어라, 죽어라!" 거인들은 소리치고 발을 구르며 점점 더 가까이 다가왔다. "너희는 죽어야 한다!"

그때였다. 별안간 판초가 두 뒷다리로만 몸을 지탱하고 일어서더니 큰 소리로 외쳤다. "너희, 할복이라는 일본의 아름다운 전통에 대해 들어본 적 있는가?" 판초는 그 자리에서 빙그르르 한 바퀴 돌았다. 그 동작이 어찌나 민첩하고 우아하고 돌발적이었던지 귀스타브조차 소스라치게 놀랐다.

그러나 정작 놀라운 일은 따로 있었으니, 눈 깜짝할 사이 거인 여섯 모두가 두 동강 나버린 것이다. 판초가 우아하게 피루엣을 하는 사이 귀스타브의 칼이 그들의 복부를 관통하자 거인들의 상체와 하체가 깨끗이 분리되었다. 비명, 신음소리와 함께 두 동강 난 거인들의 몸이 바닥에 나뒹굴었다. 다리는 갈 곳을 모르고 이리저리 비틀거리며 돌아다녔다. 끊어진 허리 위로 꾸물꾸물 내장들이 튀어나와 고원 위에 널렸고, 배에서 흘러나온 핏물은 시뻘건 내를 이루었다.

"그다지 입맛 돋우는 광경은 아닌걸!" 판초가 구역질을 하는 시늉을 해 보였다. "토하기 전에 어서 여길 뜨자."

귀스타브는 칼을 칼집에 꽂고 말에 박차를 가했다. 판초는 곧장 고원 위를 내달렸다. 수수께끼 거인들의 고원에서 멀찌감치 떨어져 더이상 거인들의 신음과 저주 섞인 욕설이 들리지 않게 되었을 때에야 비로소 판초는 유유자적 걷기 시작했다.

"간단한걸!" 귀스타브가 말했다.

"그래. 거인들이야 뭐 간단하지. 위치만 잘 조준하면 말이야. 어떤 짐승이건 가장 중심부는 아주 약한 법이거든. 단, 칼이 잘 벼려지고 예리하게 갈려 있어야겠지만."

"내 칼이 예리하다는 건 어떻게 알았어?"

"네 무기는 죽음이 직접 보내준 거잖아. 다른 건 몰라도 이거 하나는 확신해도 돼. 죽음이 누구에게 무언가를 줄 때는 자신도 탐나는 걸

준다는 사실. 그렇긴 해도 물론 그가 바라는 건 네가 임무를 수행 못해 결국 절망하고 자포자기해서 그 칼로 자살하는 거지만."

　"친구가 있다는 건 참 좋은 거구나." 귀스타브가 한숨을 쉬었다.

　"참!" 판초가 소리쳤다. "그 거인들한테 호수로 가는 길을 물어봤어 야 했는데."

그 들은 다시 계곡과 산허리의 암벽과 키클롭스*의 바위뿔을 연상시키는 뾰족한 화강암 기둥을 지나쳤다. 그러기를 한참, 저 밑 까마득한 계곡 아래 안개 베일에 감싸인 산중 호수가 내려다보였다.

"저기가 파란 피 호수인가?" 귀스타브가 물었다.

"부글부글 끓는 건 어디에도 안 보이는걸." 판초가 가쁜 숨을 고르며 말했다. "그러니까 부글부글 끓는 악취의 산에 아직 도착한 게 아니야."

"그래도 물이 파랗잖아." 귀스타브가 말했다.

"산에 있는 호수는 원래 다 그래." 판초가 핀잔을 주었다. "그러니 아직은 그 파란 피 호수라고 단정할 수 없어."

_____

* 호메로스의 『오디세이』에 나오는 외눈박이 거인.

"그러니까 호수의 물이 진짜 핏물이라는 말이야?"

"이 저주받은 산속에선 별로 놀랄 일도 아닌 것 같은데 뭘."

그들은 가파르게 솟은 암반을 지났다. 폐허가 된 망루 위로 까마귀들이 푸드덕거리며 날고 있었다.

"그래도 최소한 문명에는 좀더 가까워지고 있는 것 같은데." 귀스타브가 확신에 차 말했다. "그런데…… 이게 무슨 냄새지?"

판초는 걸음을 멈추고 킁킁거렸다.

"이건 그냥 냄새가 나는 정도가 아니잖아." 판초가 헉헉댔다. "아주 코를 찌르는걸."

"유황이야." 귀스타브가 말했다. "유황 냄새가 나는 걸 보니 어디선가 화산이 활동하고 있는 게 틀림없어. 화산활동이 있으면 물이 끓어오르고 안개도 피어오르겠지. 저 암벽 뒤로 돌아가보자. 거기선 호수가 훨씬 잘 내려다보일 거야."

판초는 귀스타브가 시키는 대로 순순히 암벽까지 걸어갔다. 암벽 끄트머리에서 내려다본 호수의 광경은 유황 냄새보다 훨씬 더 끔찍했다. 그곳이 부글부글 끓는 악취의 산임은 의심할 여지가 없었다. 질척한 진창으로 뿌연 호수 곳곳에서 기포가 끓어올라 펑펑 터지고 있었다. 화산작용으로 호수 한가운데서는 거대한 소용돌이가 일고, 가장자리에서는 물이 끓어올랐다. 누렇게 피어오르는 연무와 코를 쏘는 유황 냄새에 금방이라도 질식할 것만 같았다. 그러나 무엇보다 판초를 뒷걸음치게 한 것은 수없이 많은 괴물이었다.

호수 안팎은 물론이고 암벽의 갈라진 틈 사이사이에도 괴물이 우글거렸다. 물속에는 이무기들이 똬리를 틀었고, 말로 설명할 수 없을 만큼 몸집이 큰 하마들이 마치 섬처럼 물 위에 떠 있었다. 그게 다가 아니었다. 머리가 여럿 달린 뱀, 태곳적 맹금류, 돌연변이 문어와 악몽에나 나타날 법한 이름 모를 짐승들이 산중 호수와 그 주위를 가득 메우고 있었다.

어디를 봐도 갈기를 늘어뜨린 추악한 짐승들이 똬리를 틀고, 진창 속을 뒹굴고, 퍼덕거리고, 기어다녔다. 비늘이 덮인 것, 털가죽을 입은 것, 흡반과 날카로운 발톱과 커다란 날개, 뾰족한 어금니에 몇 미터는 족히 될 만한 혓바닥을 가진 뿔 달린 괴물들. 귀스타브와 판초를 발견한 그들은 이 새로운 손님들을 꼼꼼히 뜯어볼 요량으로 밀치락달치락하며 암벽 위로 몰려들었다. 덩치가 판초만한 거미 한 마리가 가공할 속도로 가파른 벽을 타고 올라왔다. 둘 앞에 떡하니 버티고 선 거미는 금방이라도 공격을 시작할 듯 앞다리들을 번쩍 들고 훅훅, 독기 서린 입김을 뿜어댔다. 가죽이 번들거리는 맹금류들은 귀스타브를 에워싸며 일제히 바닥에 내려앉았다. 이외에도 수없이 많은 무시무시한 괴물이 이 두 신참을 맞으러 호수 곳곳에서 고개를 쳐들고 있었다.

그중에서도 가장 끔찍한 괴물은 호수 한가운데 있었다. 그것은 태곳적 모습을 그대로 간직한 어마어마한 크기의 악어였다. 이 괴물이 기사를 잡아먹는다는 바로 그 악어임은 의심할 여지가 없었다. 때마침 악어는 기사 한 명을 잡아먹는 중이었다. 악어가 그의 말과 창까지 큰 입속으로 밀어넣는 동안 불운한 기사, 아니 몸뚱어리 일부만 남은 그 기사의 가여운 시동은 탐욕스런 한 맹금의 부리에 쪼이고 있었다. 그 모든 일이 귀스타브와 판초가 서 있는 암벽 바로 아래서 일어났다.

"제대로 찾아온 것 같은데." 귀스타브가 낮은 소리로 말했다.

"악어가 말까지 잡아먹는다는 얘기는 없었잖아!" 판초가 화난 듯 소리쳤다.

"자, 어서 시작하자." 귀스타브는 결심이 선 듯 호수를 향해 큰 소리로 외쳤다.

"이봐, 너 거대 악어! 네가 괴물들 중에서도 가장 무시무시하다는 바로 그 괴물이냐?"

"이냐, 이냐, 이냐!" 건너편 암벽, 메아리의 정령들이 귀스타브의 말을 되받아쳤다.

악어는 기사와 말을 두 입 만에 꿀꺽 삼킨 후 꺼억꺽 트림을 했다. 트림 소리 역시 끔찍하기 짝이 없었다. 악어는 황록색 눈으로 귀스타브를 쳐다보며 말했다. "목소리를 좀 덜 크게 할 수는 없나?" 거대한 파충류가 신경질적인 눈빛으로 올려다보며 말을 이었다. 이곳의 음향효과는 정말 훌륭하거든. 친구, 우린 아주 교양 있게 대화를 나눌 수 있을 것 같은데 말이야." 거의 속삭임에 가까운 목소리였다. "그래도 먼저 네 질문에 답하지. 그래, 제대로 찾아왔어. 내가 바로 세상에서 가장 무시무시한 괴물이야."

귀스타브는 호수를 향해 창을 겨누었다.

"여기 있는 다른 괴물들보다 네가 더 무서운 이유는 뭐지? 추악하기는 다들 너 못지않은 것 같은데." 이번에는 목소리를 조금 낮추어 물었다.

"질문 잘했어!" 판초가 칭찬해주었다.

"나와 저들 사이에는 작지만 아주 중요한 차이가 있지." 악어가 대답하고는 길게 늘어선 날카로운 어금니들이 다 보이도록 비죽 웃었다.

"다른 괴물들은 모두 저급한 동기에서 사람과 짐승을 죽이고 잡아먹지. 탐욕과 허기와 무료함을 달래기 위해 죽이는 거야. 아니면 그냥 재미로 그러거나." 말을 하기 위해 그 큰 아가리를 벌릴 필요가 없는 모양인지 악어는 턱 근육만 실룩거렸다. 그르렁거리는 쉰 소리가 마치 음습한 무덤에서 흘러나오듯 내장 깊숙한 곳에서 올라왔다.

"하지만 나는 어떤 필요에 의해서 죽이지 않아. 쾌락 때문도 아니지. 물론 탐욕 때문도 아니야. 어떤 사악한 동기에서 잡아먹는 게 아니라고. 나는 사랑 때문에 잡아먹는 거야." 악어의 목소리가 달콤하고 몽롱하게 젖어들었다.

"사랑 때문에?" 귀스타브가 물으며 손을 심장에 가져갔다.

"우리가 할 수 있는 것 중 가장 괴로운 일이지." 악어가 한숨을 쉬며 말을 이었다. "매번 가슴이 찢어져. 차가운 고통이 내 가슴 한복판을 갈라놓는 것 같아. 그건 마치……"

"나도 알아." 귀스타브가 우울하게 대답했다.

"그럼 나를 이해하겠구나!" 악어가 속삭였다. "너는 내 마음을 알 거야! 나는 언제나 눈물을 흘리며 내 희생양들을 삼키지. 이 호수를 봐. 이건 그냥 물이 아니야. 악어의 눈물이지. 한 방울 한 방울이 다 내가 흘린 눈물이라고. 파란 빛깔은 기사들의 고귀한 피에서 나온 거지만."

"잡아먹고 싶은 사람을 어떻게 사랑할 수 있지? 사랑하는 사람을 어떻게 잡아먹을 수 있느냐고?" 귀스타브가 비장하게 물었다.

"사랑이 어떤 건지 알고 싶어?" 악어가 길게 한숨을 뱉어냈다. "그럼 그건 다른 데 가서 물어봐야 해. 사실 나도 잘 모르겠어. 사랑한다면서 왜 잡아먹느냐고? 그래, 왜일까? 네가 좀 가르쳐주지 않겠니?" 악어의 가슴 깊숙한 곳에서 마치 흐느낌 사이 숨을 들이마시듯 서글프게 그르렁거리는 소리가 흘러나왔다. "하지만 정말이지 알 수 없는 건." 악어가 말을 이었다. "내가 그들을, 그러니까 내가 잡아먹는 사람들을 사랑한다는 사실이 아니야. 알 수 없는 건, 정말 어처구니없는 일이지만, 내게 잡아먹히는 그들이 나를 사랑한다는 거야. 내가 자기들을 죽인다는 걸, 잡아먹는다는 걸 알면서도 나를 사랑한다고! 그래, 내가 그들을 잘근잘근 씹어 삼키는 그 순간조차!"

"말도 안 돼." 판초가 씩씩거렸다.

"믿을 수 없어." 귀스타브도 단호하게 말했다.

"그럼 한 발짝만 가까이 와봐." 악어가 속삭였다. "자, 어서! 내가 직접 보여줄게."

"저 기다란 주둥이로 우리를 낚아채려는 수작이야!" 판초가 이를 앙다물고 씨근댔다. "악어가 점프할 수 있다는 얘기를 들었어."

"우린 지금 꽤 높은 곳에 있어. 한 발짝 정도는 괜찮을 거야." 결심을 굳힌 귀스타브는 훅, 독을 내뿜으며 다가오던 거대한 거미를 창으로 내리쳤다. 거미는 겁쟁이처럼 창을 피해 가파른 암벽에 움푹 팬 작은 동굴 안으로 들어가버렸다. 주저하며 한 걸음 앞으로 내디딘 판초는 아래를 내려다보았다.

"봤지?" 악어가 입을 열었다. "나는 네게 아무 짓도 하지 않아. 함정이 아니라고. 반칙 같은 건 안 써. 믿어도 돼." 그사이 악어의 목소리는 완전히 달라져 있었다. 애절하면서도 맑고 명료하며 한층 낮아진 목소리는 마치 귀에 대고 속삭이는 듯 감미로웠다.

"흠……" 귀스타브는 신음을 토해냈다. "이 악어는 진실된 놈 같아. 여기까지 뛰어오르려고 하지도 않잖아."

"그래. 힘들지만 자신을 절제하고 있는 것 같네." 판초도 인정했다. "진짜 호감 가는 인상인걸."

"우린 정말 좋은 친구가 될 수 있어." 그 파충류가 넌지시 속삭였다. 갸르릉거리는 고양이 같은 목소리는 귀스타브의 머릿속에서 기분좋게 이리저리 굴러다녔다. "우리가 함께 할 수 있는 일이 얼마나 많은지 몰라."

귀스타브는 도무지 갈피를 잡을 수 없었다. 여태껏 악어에 대해 품고 있던 선입견이 이제는 너무 터무니없어 보였다. 악어는 지극히 사랑스럽고 섬세한데다 다정다감했다. 딱딱한 껍질을 쓰고 있긴 하지만 분명 속은 부드러우리라. 착한 파충류와 뭔가를 함께 할 수 있을 거라는 희망은 조급한 기대로 바뀌어 그를 휘둘러댔다.

"예를 들면 어떤 일?" 귀스타브가 물었다.

"말해주지. 이를테면 네가 곧장 호수로 뛰어드는 거야. 내가 널 잡아먹을 수 있게 말이지. 그럼 난 한동안 너랑 노닥거리다가 먼저 네 팔과 다리를 베어먹을 거야. 네가 모두 느낄 수 있도록 말이야. 그다음엔 머리를 씹어먹고, 마지막으로 다른 괴물들도 맛을 좀 볼 수 있게 네 내장을 호수 위에 고루 펼쳐놓겠어." 악어의 목소리가 은은하게 울려퍼지는 파도 소리처럼 귀스타브의 머릿속을 채웠다. 기분좋은 쏴쏴 소리가 마음을 어지럽히는 온갖 잡념과 의심을 부드럽게 달래고 있었다. 귀스타브는 악어를 부둥켜안고 공감이라도 표하고 싶은 마음이었다. 순간 억누를 길 없이 솟구쳐오른 그 생물에 대한 호감은 곧 순수한 사랑으로 커져만 갔다. 귀스타브는 얼굴을 붉혔다.

"황홀한 제안이야." 가볍게 흥분한 귀스타브가 말했다. "판초, 너는 어때? 우리 지금 당장 호수로 뛰어들까?"

"당연하지." 꿈꾸는 듯 몽롱한 눈으로 악어에게 찬탄을 보내던 판초가 대답했다. "잡아먹힐 수만 있다면 당장 그렇게 하겠어. 그럴 수 있겠니?"

"지금은 몹시 배가 부르지만." 괴물이 그르렁거렸다. "말 반 마리 정도라면 뭐 아직 괜찮아. 네 배를 찢어발겨 뼈를 좀 오독오독 씹어줄 수는 있어."

"기다릴 게 뭐 있어?" 판초가 초조하게 소리쳤다. "얼른 뛰어내리자!"

그러고는 춤을 추듯 살짝 뒤로 두 걸음 물러나 뒷다리를 굽혀 도약할 자세를 취했다. 악어가 아주 천천히, 아무 소리도 없이 커다란 목구멍을 벌렸다. 한껏 벌린 입속엔 침과 파란 피로 범벅이 되어 번들거리는 초록색 혀가 늘어져 있었다. 계곡을 둘러싼 산처럼 혓바닥을 에워싸고 있는 뾰족뾰족한 이빨들 사이사이에 기사들의 갑옷과 무기가 끼어 있었다.

귀스타브는 고삐를 약간 느슨하게 한 다음 판초의 옆구리를 가볍게 걷어찼다. 그리고 쾌활하게 외쳤다. "가자!"

판초는 잠깐 앞으로 움찔하더니 곧장 낭떠러지 아래로 곤두박질쳤다. 호수 속 괴물들이 모두 함께 괴성을 질렀다. 탐욕을 못 이겨 내지르는 교성이었다. 그런데 이상하게도, 그 소리를 듣는 순간 얼음처럼 차가운 고통이 귀스타브의 가슴 한복판을 갈라놓았다. 동시에 어떤 생각이 뇌리를 스쳤다. 내 마음은 이미 아름다운 처녀의 것인데 어떻게 세상에서 가장 무시무시한 괴물을 사랑할 수 있단 말이지?

가슴이 찢어지는 듯했다. 현기증이 일었다. 귀스타브는 가슴을 움켜잡은 채 균형을 잃고 말았다. 그가 판초 뒤쪽으로 떨어진 것은 판초가 대담하게 낭떠러지에서 뛰어내린 바로 그 순간이었다. 귀스타브는 철거덕거리는 무기와 함께 나동그라졌지만 금세 몸을 일으킨 다음 되도록 잽싸게 낭떠러지 끝으로 기어갔다. 곧 밑에서 철벙거리는 소리, 히힝거리며 가쁜 숨을 내뱉는 소리, 꺽꺽거리며 물을 토해내는 소리가 올라왔다. 귀스타브는 낭떠러지 위에서 내려다보았다. 그리고 판초가 뒷다리부터 괴물의 입속으로 미끄러져들어가는 바로 그 광경을 똑똑히 목격하게 되었다. 판초의 얼굴은 더없이 행복해 보였다. 그랬다, 그것은 환희에 찬 표정이었다.

"난 이 악어를 사랑해!" 판초가 다시 한번 격정적으로 외쳤다. 그러고서 판초는 사라졌다.

턱을 꽉 다물고 크게 한 번 꿀꺽 삼킨 악어는 다시 귀스타브 쪽으로 고개를 돌렸다. 그를 바라보는 눈길에는 애정이 가득했다.

"뭘 망설이고 있는 거야?" 잉꼬비둘기처럼 구구거리며 괴물이 물었다. "왜 뛰어내리지 않지?"

"그, 그게." 귀스타브는 말을 더듬었다. "내 마음은 이미……"

악어의 무거운 눈꺼풀이 스르르 내려왔다.

"원, 세상에!" 악어가 신음했다. "너 설마…… 그 여자 때문에?"

귀스타브는 고개를 끄덕였다.

"맙소사! 너 지금 진짜 기사 흉내라도 내려는 거야?" 악어의 목소리는 차가워졌고 조롱이 담겨 있었다.

순간 귀스타브는 최면에서 깨어나는 듯했다. 대체 내가 무슨 짓을 저지르려 했던 거야? 판초는 어떻게 된 거지? 나는 지금 왜 이렇게 기어다니며 이 파충류와 얘기를 하고 있는 걸까?

"어때, 내 목소리, 썩 괜찮지 않았어?" 괴물이 씨익 웃으며 물었다. "어떻게 그런 일이 벌어지는지는 나도 몰라. 하지만 매번 성공이었지. 일종의 음향효과를 통한 최면 같은 거 아니겠어? 이 정도면 서커스 무대에 설 수도 있을 거야."

귀스타브는 벌떡 일어나 소리쳤다. "너야말로 정말 세상에서 가장 무시무시한 괴물이 맞는 것 같군!" 그때였다. 계곡 너머 멀리서 천둥이

136

지나갔다. 귀스타브는 그 순간 악어가 초조한 눈으로 하늘을 올려다보는 것을 놓치지 않았다.

"네가 내 말을 먹어버렸어." 귀스타브가 말을 이었다. 그의 목소리는 분노와 흥분으로 떨리고 있었다. 그는 칼을 뽑았다. "당장 내려가 널 죽이고 이빨을 뽑아버릴 테다! 네가 자초한 일이야, 이 세상에서 가장 무시무시한 괴물아!"

"그렇게 큰 소리 내지 마!" 악어가 목소리를 낮추었다.

"뭘 말이야? 무슨 얘길 크게 하지 말란 거지?"

"세상에서 가장 무시무시한 괴물이란 말 말이야. 좀 조용히 할 수 없어……?"

"대체 무슨 수작이야? 네가 바로 **세상에서 가장 무시무시한 괴물**이잖아, **안 그래**?" 귀스타브의 목소리는 오히려 더 커지고 있었다. 미친 듯이 천둥이 쳤다.

"쉿!" 악어는 목소리를 더욱 낮추었다.

"세상에서 가장 무시무시한 괴물아! 대답해!"

귀스타브는 점점 더 흥분했다. 계곡의 분지 위로 소리가 쩌렁쩌렁 울린 덕분에 그의 요구가 더욱 분명히 드러났다.

"에…… 당연히 나는 무시무시한 괴물이야. 그럼, 그렇고말고. 무섭기로는 평균 이상이지……" 악어는 앙다문 이빨 사이로 우물우물 얼버무렸고 그사이 눈으로는 불안하게 하늘을 훑고 있었다.

"잠깐, 그럼 지금 네 말은 네가 세상에서 가장 무시무시한 그 괴물은 아니라는 거야?" 귀스타브가 소리쳤다.

부글거리며 끓어오르는 호수 위 하늘이 어두워졌다. 회색 구름이 세찬 돌풍에 창공으로 떠밀려 올라갔고 소용돌이가 일어 점점 더 빠르게 계곡 위를 빙글빙글 돌았다. 암벽 위에 있던 괴물들이 모두 제정신이 아닌 듯 호수로 뛰어들기 시작했다. 움푹 팬 암벽 틈에서 비틀거리며 뒷걸음치던 거대한 거미는 몇 걸음 못 가 아래로 곤두박질쳤다. 가라앉는 거미의 다리가 부글거리는 물 위에서 버둥거렸다. 화가 난 악어가 씩씩거리자 그 최후의 만찬의 찌꺼기, 즉 기사의 머리와 발 하나, 갑옷을 입은 팔 한쪽이 주둥이에서 튀어나왔다. 악어가 꼬리로 사납게 물을 내리치자 난데없이 큰 소용돌이가 일어 괴물들을 통째로 집어삼켰다. 그리고 채 몇 분 지나지도 않아서 호수는 아무 일 없었다는 듯 고요해졌다. 방금 전까지도 주위에 우글거리던 괴물들의 흔적은 어디서도 찾아볼 수 없었다.

그러나 그것도 잠시, 둥글게 휘몰아치는 구름 속에서 정체를 알 수 없는 가공할 짐승의 울음소리가 들려오기 시작했다. 그 거친 숨소리는 휘몰아치는 소용돌이보다, 쿵쾅거리는 천둥소리보다 더 컸다.

구름이 커튼처럼 열리고 검은 틈새로 알 수 없는 형체 하나가 내려왔다. 어떤 말로도 설명할 수가 없는 그것은 사악하다 하기에는 너무나 우스꽝스러웠고, 또 그렇다고 재미있다 하기에는 너무나 못생겼다. 얼굴은 돼지처럼 생겼는데 몸집은 어떤 용보다도 컸고, 앞발은 파충류, 뒷다리는 염소, 꼬리는 뱀, 날개는 독수리였다.

위풍당당한 날갯짓 몇 번으로 낙하한 그것은 윙윙 소리를 내며 귀스타브가 있는 암벽 위 공중에 멈춰 있었다.

괴물을 뒤따르던 시커먼 구름 행렬은 그의 발아래서 검은 안개로 흩어졌다. 그 속에서 이리저리 움직이는 잿빛 형체들이 어렴풋하게만 보였다. 안개 같은 그 형체들은 눈 깜짝할 사이 나타났다가 금방 사라지고, 끊임없이 뒤엉키고 굴러 하나가 되기도 했다.

"내가 바로 세상에서 가장 무시무시한 괴물이다!" 날개 달린 돼지가 꿀꿀거리며 말했다. 목소리가 어찌나 큰지 귀스타브에게 하는 것이 아니라 호수 속으로 사라진 괴물들에게 하는 말처럼 들렸다. "그건 오로지 나 하나뿐이야!"

어떻게라도 대꾸하기 위해 귀스타브는 남아 있는 모든 용기를 끌어모아야 했지만, 그전에 상황을 정확하게 파악하는 것이 더 시급한 문제였다.

"미안하지만." 귀스타브가 말했다. "그렇게 주장하는 놈들이 벌써 한둘이 아니었거든. 그러니 이제는 정말이지 확실한 증거를 요구하지 않을 수 없게 됐어. 언짢게 할 생각은 아닌데, 오늘만 해도 끔찍하게 생긴 괴물을 수도 없이 봤지. 예를 들면 방 하나만한 거미 같은 것 말이야!"

거대한 돼지는 까만 눈동자를 굴리며 한동안 뚫어져라 귀스타브를 쳐다보더니 이윽고 한숨을 푹 내쉬며 말했다. 그새 목소리는 한결 가라앉아 있었다. "중요한 건 미적인 기준이 아니야." 그리고 난감하다는 듯 꿀꿀거리며 생각을 좀 정리하더니 긴 설명을 시작했다.

"중요한 건 외모가 아니라 영향력이지. 보다시피 나는 천사의 날개와 악마의 얼굴을 가졌어. 내 살갗은 거칠기가 이루 말할 수 없는 사포로 되어 있고, 또 혀는…… 이런, 내 끔찍한 혓바닥이 무엇으로 만들어졌는지는 나도 잘 모르겠어. 아무튼 난 모든 걸 먹어치워. 식물, 동물, 모래, 액체, 돌, 나무, 쇠와 금, 행성과 별까지도. 물과 공기, 빛도 먹어치우지! 너도 곧 먹어치울 거야, 귀여운 꼬마야. 그래, 나는 줄곧 존재해왔어. 네가 알아채지 못했을 뿐이지. 너는 아직 어리니까. 언젠가 나는 나 자신조차 삼켜버릴 거야. 그러고 나면 우주가 폭발하겠지! 하지만 네가 그걸 겪을 일은 없어. 그 누구도."

대단히 당당하고 인상적인 등장이었다. 귀스타브는 기어들어가는 목소리로 물었다. 달리 아무 생각도 떠오르지 않았다. "넌 누구지?"

"나는 시간이다!" 날개 달린 괴물이 의기양양하게 꿀꿀거리자, 그의 발아래 흩어져 있던 뿌연 형체들은 더욱 흥분해 서로 밀치고 얽히며 굴러댔다.

"이들은 내 초秒의 대군이지." 안개 무리를 앞발로 가리키며 돼지가 설명했다. "찰나, 순간, 눈 깜짝할 사이. 덧없이 지나가는 졸개들이야. 어쨌든 저들은 많을수록 좋아."

돼지는 날개를 펄럭이며 귀스타브 앞 절벽에 내려앉았다. 뒷발로만 몸을 지탱하고 선 괴물은 귀스타브보다 몇 배는 컸다.

"이만하면 내 얘기는 충분하고…… 그러는 너는 누구야? 대체 너는 누구길래 세상에서 가장 무시무시한 괴물을 그토록 애타게 찾는 거지?"

"내 이름은 귀스타브야. 귀스타브 도레."

"처음 듣는 이름이군." 시간이 입을 열자 지독한 악취가 풍겨나왔다.

"모르는 게 당연해." 귀스타브가 말했다. "나는 아직 좀 어려서 그동안 그렇게 주목받을 기회가 없었어. 나도 오고 싶어서 여기 온 게 아니야. 죽음의 명령 때문이지."

"죽음?" 돼지의 목소리가 천둥처럼 하늘을 울렸다. "아, 그 멍청한 놈? 그놈이 또 너한테 뭘 요구했지? 제 영혼의 관이나 짤 것이지. 정신 나간 여동생이나 좀 챙기든가."

"그렇다면 넌 죽음의 종이 아니라는 거야?"

"아니, 그래. 아, 아니. 에, 내 말은 그러니까…… 이봐, 그 무슨 불쾌한 질문이지? 나는 누구의 명령도 듣지 않아! 죽음과 나는, 에, 우리는 가끔 손을 잡고 일하지. 그게 다야."

돼지는 어이없다는 듯 소리쳤다. "이봐, 그런데 그게 대체 너랑 무슨 상관이지?"

"그러니까, 저기." 귀스타브는 말을 더듬었다. "얘기가 좀 길고 복잡해. 사실은…… 화는 내지 말아줘, 제발! 그래, 어쨌거나 난 네 이빨 하나를 빼야겠어." 드디어 털어놓았다.

순간 돼지의 표정이 싹 바뀌었다. 돼지는 허리를 굽혀 귀스타브를 빤히 보았다. 그 표정에는 고통과 희망이 함께 깃들어 있었다.

"네가 내 이빨을 뽑으시겠다? 그래줄 수만 있다면 정말 고맙겠다." 돼지가 끙, 앓는 소리를 내더니 주둥이를 벌렸다. 입안이 훤히 들여다보였다. "어금니 하나가 지독하게 곪았어. 뿌리까지 몽땅 유황으로 뒤덮였다고. 내 입에서 나는 냄새, 너도 알겠지? 이젠 정말 참을 수가 없어."

귀스타브는 돼지의 입안을 들여다보았다. 실제로 오른쪽 어금니 부근에서 고약한 냄새가 풍겼다. 아니, 냄새가 날 뿐만 아니라 정말로 보였다. 거기, 돌보지 않아 뿌리만 남은 누런 이빨들 사이 유난히 썩은 이에서 화산 분화구라도 되는 양 악취가 피어오르고 있었다.

"지금까지 누구한테도 이 골칫거리를 해결해달라고 부탁할 수 없었어. 네가 부탁을 들어주면 정말 고맙겠는데."

귀스타브는 굳게 마음먹고 악취를 풍기는 돼지의 입안을 다시 한번 들여다보았다. 이번에는 아예 어깨까지 그 안으로 들이밀었다. 금방이라도 질식할 것 같았지만 그는 씩씩하게 말했다.

"좋아, 그렇게 할게! 뽑은 이빨을 내가 가져도 된다면 말이야."

"선물로 주지! 빌어먹을 그 이빨쯤이야 가져도 좋고말고! 난 이빨만 뺄 수 있으면 돼. 그러면 좋겠어."

"부탁인데, 엎드려 있어볼래?" 귀스타브는 그렇게 제안하고서 칼을 들었다. "입을 좀더 크게 벌려봐!"

돼지는 시키는 대로 했다. 아래턱이 밑으로 떨어지자 귀스타브는 대담하게도 끈적끈적한 혓바닥 위에 한 발을 올려놓았다. 혀라고는 하지만 사실 그게. 어떤 성분으로 이루어졌는지는 누구도 정확히 말할 수 없을 것 같았다. 냄새는 정말 참을 수 없을 정도였다. 귀스타브는 숨을 참고 되도록 빨리 끝내기로 마음먹었다. 칼날을 잇몸과 이빨 사이에 밀어넣고 그는 소리쳤다. "이제 좀 아플지도 몰라!" 그는 칼을 힘껏 찔러넣었다. 칼날이 신경 다발 몇 개를 자르자 돼지는 고통스럽게 꿀꿀거렸다. 썩은 이빨의 분화구에서 팔뚝 굵기만한 피고름 줄기가 폭포수처럼 콸콸 흘러나왔다. 그러나 귀스타브는 당황하지 않았다. 그는 칼을 지렛대 삼아 받치고 온 체중을 실어 곪은 잇몸에서 썩은 이빨을 들어올렸다. 쩍쩍거리는 듯한 소리가 들렸다. 귀스타브는 이빨을 잡고 단칼에 나머지 신경을 끊었다. 그리고 마침내 뽑힌 이빨을 들고 헉헉거리며 밖으로 뛰쳐나왔다.

돼지는 신음하며 뒷다리로 우뚝 섰다가 다시 몸을 웅크렸다. 끙끙거리고 훌쩍이며 신경질적으로 날개를 퍼덕이기도 했다. 그사이 귀스타브는 마른 풀로 이빨을 공들여 닦아 품에 집어넣었다.

"어때? 이제 좀 괜찮아?"

좀 진정되었나 싶었더니 돼지는 오른쪽 볼을 찡그리며 다시 훌쩍였다. "아주 처절한 경험이었어. 하지만 고마워! 이제 한결 나아."

"잘됐다." 귀스타브는 곧장 문제의 핵심으로 들어가기로 결심했다. "내가 뭔가 보답을 요구하면 뻔뻔하다고 생각할 거야?"

"이빨은 벌써 줬잖아." 돼지가 끙끙거리며 말했다. "그리고 나는 지금 몹시 바빠."

"하나만 더 물어보려고." 귀스타브가 말했다. "내 다음 임무가 바로 나 자신을 만나는 거거든. 어떻게 해야 할지 정말 모르겠어."

"그건 불가능한 일인데⋯⋯" 돼지는 골똘히 생각하며 웅얼거렸다.

"알아."

"아니, 내 말 끝까지 들어봐! 지금 네가 있는 지금 이 시간의 연속선상에 있는 한은 불가능하다는 거야. 하지만 그 연속체를 바꾼다면야 또 모르지. 미래의 잠재적 벌집 속에서 네 시공 연속체의 가능한 영상을 볼 수 있다면 말이야. 그렇게만 할 수 있다면 너 자신을 만나는 것과 결과적으로는 같을 거야."

"무슨 말인지 모르겠어. 시공 연속체의⋯⋯ 어⋯⋯"

"시공 연속체의 가능한 영상. 미래의 잠재적 벌집 속에서만 존재할 수 있는 경이로움이지. 글쎄⋯⋯ 나도 뭐라고 자세히 설명할 수는 없어. 하지만 널 그리로 데려다줄 수는 있지."

"정말?"

"그럼. 그러려면 먼저 미래로 떠나야 해."

"너, 할 수 있어?"

"야!" 돼지가 버럭 소리를 질렀다. "내가 바로 시간이라고!"

귀스타브는 돼지의 등에 올라탔다. 돼지는 계속해서 배어나오는 피고름을 조금씩 산중 호수에 뱉으며 가죽 날개를 펄럭였다. 어느 사이 그들은 두꺼운 구름을 뚫고 점점 더 높이 날아오르고 있었다. 시간이 다시 한번 날갯짓을 했을 때는 이미 대기권을 벗어난 뒤였다. 육중한 어둠이 이 기이한 커플을 사방에서 에워쌌다. 알록달록한 별들이 어찌나 밝게 반짝이는지 귀스타브는 눈이 아플 정도였다. 멀리 내려다보이는 지구는 점점 더 작아져 마침내 희고 파란 공이 되었다.

"어?" 귀스타브가 소리쳤다. "숨을 쉴 수 있잖아! 우주에는 공기가 없는 줄 알았는데."

"멍청한 소리! 우주에는 없는 게 없어. 모든 게 다 존재한다고! 우주에는 소리도 없다고들 하지. 하지만 그렇다면 네가 어떻게 내 말소리를 들을 수 있겠어?"

귀스타브는 우주공간에서 이토록 소리가 잘 들린다는 사실에 놀라는 중이었다. 차르르 햇빛이 부서지며 쏟아지는 소리에, 저멀리 한참 떨어진 별이 바스락거리는 소리까지 다 들렸다. 막 달을 지나칠 때였다. 저 아래 어느 크레이터 안에서 작은 빛 하나가 반짝였다.

"고요의 바다야." 묻지도 않았는데 돼지가 먼저 입을 열었다. "죽음이 사는 곳이지. 불이 켜져 있으니 집에 있나보군."

귀스타브가 뭐라고 대꾸하기도 전에 돼지는 몇 번 힘찬 날갯짓을 했다. 그들은 여섯 개의 행성과, 그보다 많은 수의 달과, 거대한 유성의 무리를 지나쳤다. 순식간의 일이었다. 그리고 잠시 캄캄한 무無의 세계로 미끄러져들어갔다. 그곳에는 아무것도 없었다. 멀리서 조그맣게 타오르는 몇 개의 태양만 보일 뿐. 빛의 점은 점점 더 수가 늘어나 빽빽해지는가 싶더니 어느새 작은 안개를 만들고, 길을 만들고, 급기야 별자리들을 만들었다. 그중 어떤 것들은 귀스타브에게 너무나 친숙했다. 달리는 말 모양 별자리는 고통스럽게도 판초를 상기시켰다. 그동안 뜻하지 않은 일들이 숨가쁘게 벌어지는 바람에 충실한 여행의 동반자였던 판초를 잃고도 제대로 애도할 틈조차 없었다.

"자, 이게 바로 우주라는 거야." 돼지가 강의를 시작했다. "내 말은 그러니까, 우리가 지구에 있을 때도 우주 안에 존재하는 것은 사실이지만, 이렇게 위로 올라와 전체를 둘러볼 때 비로소 제대로 파악하게 된다는 거지. 안 그래? 아무리 좋은 망원경으로 본다고 한들 이렇게 장중한 감동을 받을 수는 없지."

"그래." 우주가 펼쳐놓은 그 끝없는 파노라마에 압도된 귀스타브의 목소리는 거의 들리지 않았다.

"그래도 너무 감격하지는 마, 꼬마야!" 시간이 다시 귀스타브를 진정시켰다. "여기서 볼 때는 대단히 웅장한 것 같지만, 사실 우주는 그리 복잡하지 않아. 굳이 비교하자면, 글쎄 뭐랄까……" 돼지는 비교할 만한 것을 찾느라 애썼다. "……그래, 백화점보다도 덜 복잡하다고."

귀스타브는 산속에서 마주친 노파가 떠올랐다. 그 노파도 백화점 운운하며 횡설수설했었다.

"층이 세 개인 백화점이 있다고 해봐. 각층마다 다른 시간이 존재하고. 1층에는 현재가 있지. 지금 우린 바로 거기 서 있는 거야. 그리고 지하엔 과거가 있어. 그러니까 창고가 있어서 이미 일어났던 모든 일이 저장되는 거지. 그리고 2층엔 앞으로 일어날 모든 일이, 아니 더 정확히 말해서 어쩌면 앞으로 일어날지도 모르는 일이라고 해야겠지, 어쨌든 그런 일들이 쌓여 있는 거야. 우리가 가야 하는 곳도 바로 그곳이고."

"한 노파를 본 적이 있는데, 그녀는 꿈의 세계가 백화점과 비슷하다고 했어. 내가 제대로 이해한 거라면 말이야."

"오, 맙소사! 제발 또 그 꿈의 공주가 아니길!" 돼지는 큰 소리로 웃어댔다. "그런 일을 하는 부류들은 우주 전체가 한낱 꿈에 불과하다는 환상과 기대를 갖고 있지. 하지만 그건 지극히 주관적인 해석일 뿐이야! 하긴 전혀 흥미롭지 않은 생각도 아니지만."

"만일 그 말이 맞다면……" 귀스타브는 잠시 생각에 잠겼다. "그렇다면 대체 우주는 누가 꾸는 꿈이지?"

"맞아, 그다음 중요한 질문이 바로 그거야. 우주는 대체 누가 꾸는 꿈이냐 하는 것! 어려운 질문이지. 내가 꾸는 꿈인가? 너무 내 멋대로 얘기하는 건가?" 뭐가 재미있는지 돼지는 계속 꿀꿀댔다. "하지만 나는 꿈을 꾸지 않아, 전혀. 절대 잠을 자는 법이 없거든. 하지만 누가 알겠어, 어쩌면 우리 모두가 함께 꾸는 공동의 꿈인지도. 많은 사람의 꿈인지도 모르고. 이것저것 다 넣고 섞어 만드는, 그러니까 일종의 꿈의 꿀꿀이죽 같은 거 말이야. 별로 입맛을 돋우는 상상은 아니지만."

귀스타브는 고개를 끄덕였다. 마침 그의 머리만한 작은 유성 하나가 그의 옆으로 천천히, 데굴데굴 굴러갔다. 유성은 아주 작은 분화구들로 뒤덮여 있었는데, 그중 지하 깊숙이 파고들어간 작은 화산 하나에서 앙증맞은 불기둥이 뿜어져나오고 있었다.

"이 우주는 바로 네가 꾸는 꿈일 수도 있지." 돼지가 말했다. "혹시 알아?"

"요즘 통 잠을 못 잤는걸." 귀스타브는 의아해하며 말했다. "그런데 어떻게 꿈을 꿀 수 있지?"

"하긴 맞네. 결국 우주가 누구의 꿈이냐는 처음 질문으로 되돌아갔군. 하여튼 우리 둘은 일단 아닌 것 같고. 어쩌면 토성에 사는 개미가 꾸는 꿈인지도."

"토성에 정말 개미가 있어?"

"그럼, 개미는 어디나 있는걸. 그런데 그거 알아? 토성의 개미는 머리가 셋이라는 거?"

"알아."

"너 정말 놀라운 꼬마구나. 토성에 개미가 있는지 없는지도 확실히 모르면서 토성 개미의 머리가 셋이라는 건 알고 있다니."

귀스타브는 그간의 일을 설명할까 하다가 그만두기로 했다.

"이 모든 걸 꿈꾸던 사람이 잠에서 깨어나면 어떡하지?" 그는 대신 그렇게 물었다.

돼지는 다시 꿀꿀 웃었다. "그렇다면 재워야지, 이 친구야! 다시 잠을 자도록!"

또다른 작은 유성들이 그들 옆을 굴러갔다. 이번에는 좀더 빠른 것 같기도 했다. 어디선가 폭포에서 물이 떨어지는 것처럼 쏴쏴 타닥타닥 소리가 들려왔다. 아니면 커다란 불덩이? 태양?

"조금만 있으면 도착해!" 돼지가 소리쳤다. "지금부터는 꼭 잡는 게 좋을 거야. 곧 난류에 휘말릴 수도 있으니까."

그들의 머리 위로 계속해서 작은 유성들이 커다란 굉음을 내며 스쳐지나갔다. 귀스타브는 알 수 없는 힘이 자기를 힘껏 끌어당기는 듯한 느낌이 들었다. 보이지 않는 투명하고도 거대한 손이 그와 돼지를 꽉 붙잡고 거세게 앞으로 잡아끄는 듯한, 그런 느낌.

"도착한다고? 대체 어디?"

"저기 빨간 불 안 보여? 주홍빛으로 둘러싸인 불의 점 말이야!"

"보여. 저게 별이야?"

"아니, 별이 아니야. 은하계에 있는 일종의 하수구지. 지름길로 가자고. 그게 더 빨라. 좀 구질구질하긴 해도 이런 지루한 블랙홀보다 훨씬 빠르니까. 빛으로 변한다거나 스파게티 가닥처럼 길게 늘어난다거나 하는 일 없이 원래 형체를 그대로 유지할 수 있지. 말할 때 간혹 단어들이 좀 늘어나긴 하지만."

"은하계의 하수구가 뭐야?"

"그러니까 다시 말하면 은하수의 하수 구멍 같은 거야. 미래로 통하는 엘리베이터 정도라고 이해해도 좋고. 내일모레로 미끄러져들어가는 활주로라고나 할까. 내가 얘기했잖아. 이 위엔 모든 게 다 존재한다고. 블랙홀, 화이트홀, 레드홀…… 베텔게우스* 근처에서 뭐라고 도저

---

* 오리온자리에서 가장 밝은 별.

히 표현할 수 없는 색깔의 홀을 본 적도 있어."

그사이 붉은 점은 보랏빛 소용돌이로 커져 귀스타브의 시야 절반을 뒤덮고 있었다. 그것은 이글거리며 녹아내리는 용암처럼 검붉게 타오르는 나선형의 긴 꼬리를 달고 있었다.

"꼭 여행의 포도주 같은걸." 귀스타브가 말했다. "그보다 좀 크긴 하지만."

"여행의 포도주?" 시간이 큰 소리로 웃어젖혔다. "꼭 무슨 음료수 얘기하듯 하는군. 괜히 나까지 한 모금 마셔보고 싶은걸."

"무척이나 아름답지."

"그럴 거야. 위험한 것들의 속성이지."

쏴쏴 하던 소리는 이제 천둥소리처럼 커져서 귀가 다 먹먹할 정도였다. 귀스타브는 지켜보았다. 유성과 혜성과 달 그리고 다른 모든 행성이 한데 뒤섞여 빙글빙글 돌며 그 소용돌이 속으로 빨려들어가 흔적도 없이 사라지는 모습을. 그 광경을 보고 있자니 꼭 살에서 피부가 떨어져나가는 느낌이었다.

"꽉 잡아!" 돼지가 소리쳤다.

그는 곧장 그 붉은 소용돌이 속으로 뛰어들었다. 삐걱삐걱, 지글지글. 바지직, 쏴아 하는 소리들이 귀스타브의 머릿속을 파고들었다. 눈앞이 온통 검게 변하는가 했더니 금세 하얗게, 다시 노랗게 되었다가 또다시 빨간색, 오렌지색, 초록색, 노란색, 파란색, 보라색, 황금빛, 은빛을 거쳐 붉게 변했다. 갑자기 뜨거워졌다가 금세 차가워지고 다시 뜨거워지더니 갑자기 모든 것이 수천 가지 빛깔의 눈송이가 펼치는 윤무 속으로 흩어졌다. 숨이 멎을 듯 아름다운 소용돌이였다. 동시에 완벽한 정적이 찾아왔다.

"ㅇㅇㅇㅜㅜㅜㄹㄹㄹㅣㅣㅣㄱㄱㄱㅏㅏ　ㅇㅇㅇㅕㅕㅕㄱ
ㄱㄱㅣㅣㅣㅅㅅㅅㅓㅓㅓ　ㄱㄱㄱㅕㅕㅕㅇㅇㅇㅎㅎㅎㅓㅓㅓ
ㅁㅁㅁㅎㅎㅎㅏㅏ　ㄴㄴㄴ＿＿＿ㄴㄴㄴ　ㅁㅁㅁㅗㅗㅗㄷㄷㄷ
＿＿＿ㄴㄴㄴ　ㄱㄱㄱㅓㅓㅓㄴㄴㄴ　ㅅㅅㅅㅏㅏ　ㅅㅅㅅㅣㅣ
ㅣㄹㄹㄹ　ㅇㅇㅇㅏㅏ　ㅈㅈㅈㅣㅣㅣㄱㄱㄱ　ㅈㅈㅈㅓㅓㅓㅇ
ㅇㅇㅇㅇㅇㄴㅣㄴㅣㄴㅣㅈㅈㅈㅗㅗㅗㅊㅊㅊㅏㅏ　ㄴㄴㄴㅐㅐㅐㄹ
ㄹㄹㄹㅕㅕㅕㅈㅈㅈㅣㅣㅣㅈㅈㅈㅣㅣㅣ　ㅇㅇㅇㅏㅏ　ㄴㅎㄴㅎ
ㄴㅎㅇㅇㅇ＿＿＿ㄴㄴㄴ　ㄱㄱㄱㅓㅓㅓㅅㅅㅅㄷㄷㄷ＿＿＿ㄹ
ㄹㄹㅇㅇㅇㅣㅣㅣㅇㅇㅇㅑㅑㅑ."돼지가 소리쳤다. 그 말은 꼭 입
속의 껌이 늘어나듯 철자 하나하나가 길게 늘어졌다.
　　"ㅎㅎㅎㅏㅏㅏㄱㄱㄱㄱㅁㅁㅁㅜㅜㅜㄴㄴㄴㅈㅈㅈㅓㅓㅓㄱㄱ
ㄱㅇㅇㅇㅣㅣㅣㄴㄴㄴ　ㅈㅈㅈㅓㅓㅓㅇㅇㅇㄴㅣㄴㅣ　ㅁㅁㅁㅏ
ㅏㅏㄹㄹㄹㅇㅇㅇㅑㅑㅑ. ㅎㅎㅎㅏㅏ ㅈㅈㅈㅣㅣㅣㅁㅁㅁ
ㅏㅏㅏㄴㄴㄴ　ㅇㅇㅇㅣㅣㅣ　ㅁㅁㅁㅗㅗㅗㄷㄷㄷ＿＿＿ㄴㄴ
ㄴ　ㄱㄱㄱㅓㅓㅓㅅㅅㅅㅇㅇㅇ＿＿＿ㄹㄹㄹ　ㅈㅈㅈㅓㅓㅓㅇ
ㅇㅇㅇㅇㅇㄴㅣㄴㅣㅎㅎㅎㅏㅏ　ㄹㄹㄹ　ㄴㄴㄴㅜㅜㅜㄱㄱㄱㅜ
ㅜㅜㄴㄴㄴㄱㄱㄱㅏㅏ　ㅏㄱㄱㄱㅏㅏ　ㄱㄱㄱㅗㅗㅗㄷㄷㄷ
ㄴㄴㄴㅏㅏㅏㅌㅌㅌㅏㅏㅏㄴㄴㄴㅏㅏ　ㅏㄹㄹㄹ　ㄱㄱㄱㅓㅓㅓ
ㅇㅇㅇㅑㅑㅑ. ㄱㄱㄱ＿＿＿ㅈㅈㅈㅏㅏ　ㄴㄴㄴ＿＿＿ㄴㄴ
ㄴ　ㅇㅇㅇㅏㅏㅁㅁㅁㅏㅏ　ㄴㄴㄴㅐㅐㄱㄱㄱㅏㅏ　ㅅ
ㅅㅅㅏㅏㅇㅇㅇㄷㄷㄷㅐㅐㅈㅈㅈㅓㅓㄱㄱㄱㅇㅇㅇㅣㅣㅣㄴㄴ
ㅈㅈㅈㅗㅗㄴㄴㄴㅈㅈㅈㅐㅐㄹㄹㄹㅏㅏ　ㅈㅈㅈㅜㅜㅜㅈㅈ
ㅈㅏㅏㅇㅇㅇㅎㅎㅎㅏㅏ　ㄱㄱㄱㅔㅔㅔㅆㅆㅆㅈㅈㅈㅣㅣ
ㅣ!" 시간은 쉰 목소리로 클클거렸다. "ㄱㄱㄱ＿＿＿ㄹㄹㄹㅓㅓㅓ

ㄴㄴㄴㄷㄷ데데에 ㄱㄱㄱ＿＿＿ㄱㄱㄱ거ㅓㅓ ㅇㅇㅇㅏ
ㅏㄹㄹㄹㅇㅇㅇㅏㅏ? ㄱㄱㄱ＿＿＿ㄱㄱㄱ게게 ㅅㅅㅅ
ㅏㅏㅅㅅㅅㅣㅣㅣㄹㄹㄹㅇㅇㅇㅣㅣㅣㄹㄹㄹㅏㅏㄴㄴㄴ＿
＿＿ㄴㄴㄴ ㄱㄱㄱ거ㅓㅓ!"

소용돌이의 터널은 끊임없이 형태를 바꾸었다. 둥근 원에서 사각형
으로, 삼각형에서 다시 둥근 원으로, 납작하게 변했다가 다시 처음 모
습으로, 계속해서 모습을 바꾸었다. 마침내 사방은 심연처럼 깊은 어
둠에 휩싸였고, 귀스타브와 시간은 조용히, 미끄러지듯, 별빛 하나 없
는 어둠 속을 뚫고 날았다. 귀스타브에게 그 어둠은 마치 영원인 것만
같았다.

"지금 너에겐 이 어둠이 영원처럼 느껴지겠지만 사실 백 년도 안
돼!" 돼지가 소리쳤다.

"그럼 우리가 지금 백 년 후의 미래로 가고 있다는 거야?"

"꼭 백 년은 아니지만 대충 그렇다는 거야."

주위를 두리번거리는 돼지의 분홍빛 얼굴은 뭔가 못마땅한 표정을
짓고 있었다.

"사실 난 하수구 중 이 컴컴한 부분이 싫어. 별로 머물고 싶지 않은
우주의 한 부분이지. 이곳엔 특히 무뢰한들이 판을 치고 다니거든. 하
지만 지름길이니 어쩔 수 없지. 그런 길은 험한 곳에 있는 경우가 많으
니까."

하수구의 저 밑바닥에서부터 귀에 익은 소리가 들려왔다. 어디서 들
었는지 정확히 기억나진 않았지만 생명의 위험을 예고하는 소리라는
것만은 무의식적으로 알 수 있었다. 아직은 멀리서 들렸지만 급속도로
가까워지는 중인 듯했다.

"괜한 소릴 한 것 같군." 돼지가 중얼거렸다. "좀 귀찮게 됐는걸."

마침내 귀스타브는 그 소리의 정체를, 아니 더 정확히 말해서 소리의 두 진원지를 알 것 같았다. 소리는 점점 더 크게 포효하며 곧장 그를 향해 돌진해오고 있었다. 그것은 다름아닌 그의 배 아벤투레를 침몰시킨 후 하늘로 사라져버린, 텔레파시로 교감을 나누는 회오리바람 형제 샴쌍둥이 토네이도였다. 별의 분진과 우주가스, 만년 빙하를 집어삼키고 소용돌이치는 두 쌍둥이는 운석과 유성의 파편을 우주공간에 마구 흩뿌리고 있었다. 그 포악함은 지구에서보다 결코 덜하지 않았다.

돼지는 힘껏 날갯짓을 하더니 곧장 토네이도를 향해 돌진하며 소리쳤다. "샴쌍둥이 토네이도야! 저 둘의 한가운데를 정확히 뚫고 나가야 해. 그게 유일한 길이야."

"진작 그걸 알았더라면." 귀스타브는 한숨을 쉬었다. "지금의 이 여정은 완전히 달라졌을 텐데."

아래위가 서로 맞붙은 채 돌아가는 거대한 맷돌처럼 샴쌍둥이 토네이도는 귀스타브의 좌우에서 소용돌이치고 있었다. 돌이 내는 듯한 굉음에 귀스타브는 머리가 깨질 듯했다. 토네이도가 일으키는 거센 바람에 그대로 내동댕이쳐질 것만 같았다. 그는 돼지의 갈기를 꼭 움켜잡고 번개를 피해 몸을 한껏 낮추었다. 번개는 두 토네이도의 교감을 돕기 위해 둘 사이를 끊임없이 왔다갔다하고 있었다.

돼지와 함께 바지직거리는 자기장 사이를 뚫고 날아갈 때는 그대로 몸이 찢어질 것 같았다. 그뿐만이 아니었다. 한줄기 번개가 귀스타브의 한쪽 귓속으로 뚫고 들어와 뇌를 관통해 다른 쪽 귀로 빠져나갔다. 그랬다, 그는 두 토네이도가 서로 주고받는 생각들을 듣지 않을 수 없었다. 믿을 수 없을 만큼 난폭하고 잔인무도한 생각들, 맹렬하고도 맹

목적인 파괴욕을. 별의 파편들이 머리 위를 날아다니고, 우주먼지가 코와 입을 메워 금방이라도 호흡이 멎어버릴 것만 같았다. 그리고 마침내 쿵, 하는 충격과 함께 그물이 찢어지는 듯한 굉음이 이어지더니 그들은 두 토네이도 사이를 뚫고 나왔다. 소용돌이는 은하계 하수구의 어둠 속에서 번개를 뿌리며 빠르게 멀어졌다.

"후유!" 돼지가 안도의 한숨을 쉬었다. "몹쓸 놈의 쌍둥이 토네이도 같으니! 내가 말했지? 여긴 우주의 무뢰한들이 판을 치는 곳이라고. 저 소용돌이 태풍이 서로 번개로 교감을 주고받는 거, 너도 알고 있었니?"

"응, 알아."

"너 정말 아는 게 많구나." 돼지는 사뭇 놀라는 듯했다.

그들은 소리 없는 암흑 속으로 미끄러져들어갔다. 얼마나 한참을 들어가는지 이게 정말 지름길이 맞나 의심스러울 정도였다. 게다가 이 길은 대체 어디로 통하지? 아, 미래였지! 그래, 좋아. 하지만 정확히 미래의 어디로 간다는 거지? 미처 돼지에게 물어보기도 전에 멀리 어둠 속에서 뿌연 먼지구름이 일었다. 그리고 어디선가 괴성과 포효와 소란스런 말 울음소리가 들려와 은하계 하수구에 울려퍼졌다.

"또야?" 돼지가 앓는 소리를 했다. "여긴 정말 진절머리난다니까!"

멀리서 기사 하나가 씩씩거리는 사나운 야생마를 타고 그들을 향해 달려오고 있었다. 전과 좀 달라지긴 했지만 그를 알아보는 데 오래 걸리지는 않았다. 그는 다름아닌 죽음이었다. 망토를 날리며 달려오는 그는 커다란 낫을 휘두르고 있었다. 이런저런 악마의 무리가 왁자지껄 소란스레 그 뒤를 따르고 있었다. 죽음은 귀스타브에게도, 그리고 남의 이목을 끌기에 충분한 돼지에게도 눈길 한 번 주지 않은 채 머리를 꼿꼿이 쳐들고 곁을 지나쳐갔다. 그런데 그의 머리는, 그의 얼굴은 전처럼 죽은 사람의 그것이 아니었다. 텅 빈 눈구멍은 전과 다름없이 시커멓게 움푹 패어 있었지만 뼈밖에 없던 허연 해골에는 얄팍한 살가죽이 덮여 있었다.

그 광포한 악마의 무리는 나타날 때 그랬듯 순식간에 사라졌다. 토네이도가 사라진 바로 그 방향이었다.

"죽음이었어!" 돼지가 말했다.

"나도 그렇게 생각했어. 하지만 그는 달에 있는 자기 집에 있다고 하지 않았어?"

"그래. 하지만 꼬마야, 지금 여긴 태양계가 아니야. 모든 게 조금씩 다른 또다른 은하계, 그 하수구 속이라고. 너도 이제 서서히 전통적인 시간개념과는 작별해야 해. 안 그러면 이 위에서 분별력을 잃고 말아!"

"그런데 어째서 죽음이 저렇게 젊어 보이지?"

"저때만 해도 아직 젊었으니까. 간단해! 우린 방금 한창 질풍노도의 시기에 있는 죽음을 본 거야. 몇백 년도 전의 일이지. 마침 인간 세상 어딘가에 페스트를 전하러 가는 길인지도!" 돼지는 어둠 속으로 혐오스럽다는 듯 퉤, 침을 뱉었다. "그때만 해도 야망이 대단했지! 오로지 자기 행동의 의미와 목적에만 완전히 몰입해 있었으니까. 한마디로 의기충천했던 거야! 전염병, 십자군 전쟁, 그밖에 다른 많은 전쟁, 대량학살, 혁명…… 그런데 아무리 죽이고 또 죽여도 지구의 인구는 불어나기만 했지. 몇 년 사이 두 배가 됐으니. 그가 그토록 악착같이 일을 했는데도 말이야! 그래서인지 언제부턴가 더는 기운을 못 쓰더군!" 돼지는 연민이 담긴 웃음을 지어 보였다. "당시엔 그를 따르던 추종자도 많았지. 방금 본 것처럼 말이야. 그런데 지금은 몰골이 어떠냐고! 얼굴이 말이 아니야! 아주 못 봐줄 정도지. 해골까지 다 앙상하게 말랐잖아! 결국

규정에 따라 일을 그만두고 달로 기어들어가 노후를 보내고 있는 거
야. 어린애들이나 가끔씩 놀라게 하면서 말이야. 그에게 이제 남은 거
라곤 정신 나간 여동생 하나뿐이야. 죽음이 연금생활자가 된 거라고!"

"죽음도 늙는단 말이야?"

"그럼." 돼지가 말했다. "나도 늙는걸. 시간인 나도 말이야. 젠장, 누
구도 이 운명을 피해갈 수는 없어! 이게 싫은 사람은 다른 우주를 찾아
봐야 할 거야."

그때 귀스타브의 귀에 방금 전 은하계 하수구로 빨려들어갈 때의 쏴
쏴 소리가 다시 들리기 시작했다. 돌멩이들을 쓸어가며 콸콸 흐르는
폭포수 소리는 가까이 다가올수록 점점 천둥소리 같은 굉음으로 변했
다. 그사이 터널은 검은빛이 사라지고, 소용돌이치며 휘감아올라가는
거대한 빛의 줄기에서 뻗어나온 빨간색, 노란색, 파란색으로 물들고
있었다.

"다 왔어!" 돼지가 소리쳤다. "꽉 잡아!"

순간 머릿속에서 다시 삐걱거리고 딱딱거리는 소리가 들린다 했더니
귀스타브는 돼지와 함께 우주의 암흑 속으로 내동댕이쳐졌다. 그리고
끝이었다. 사위는 어두웠다. 고요하고 서늘하고 별들만이 가득했다.

"위층에 왔어." 돼지가 엄숙하게 말했다. "바로 미래지."

미래는 현재와 별반 다르지 않아 보였다. 몇 개의 화이트홀이 있는 검은 무無.

"지금 네가 무슨 마음인지 알아. 실망했지?" 돼지의 말에 귀스타브는 고개를 끄덕였다.

"미래는 뭔가 다를 거라고 상상했구나, 안 그래? 하지만 이 위라고 변하는 건 하나도 없어. 어쨌거나 별로 드라마틱하지는 않다고. 저기 저 너머 안개 보여?"

"저기 저 가스 안개? 말 머리같이 생긴 것 말이야?" 귀스타브는 또다시 판초를 생각하지 않을 수 없었다.

"그래 그거. 저 안개는 일억 년이 흘러도 지금 모습과 똑같아 보일 거야. 하지만 끊임없이 변하고 있다고. 지금 이 순간에도 말이지."

"그런데 왜 말 머리 모양인 거지?"

"그거야 모르지. 말 머리가 왜 말 머리처럼 보이겠어? 나는 왜 돼지처럼 보이겠어? 너는 또 왜 지금처럼 생긴 거지? 거기에 무슨 깊은 의미가 있다고는 생각하지 않아."

문득 어디선가 음악소리가 들려왔다. 귀스타브가 전에도 들어본 적 있는 아름답고 심금을 울리는 음악. 바로 해마의 노래였다. 촉수가 노랗고 붉고 오렌지빛을 띤 해파리 무리가 박자를 맞추어 발레를 선보이며 그들 곁을 지나갔다.

"저 해파리들, 여기서 지금 뭐하는 거지?" 귀스타브가 물었다. 찰랑거리며 스쳐가는 메두사 하나가 왠지 낯이 익었다. 빨간 몸뚱이에 노란 촉수가 달린 녀석이었다.

"마지막 해파리들이야. 말하자면 우주의 저승사자라고 할 수 있지. 일종의 대기실인 이곳에서 이렇게 찰랑거리고 다니며 저 아래 지구에서 누군가 물에 빠져 죽을 때까지 기다리는 거야. 해파리는 익사자를 담당하고 있거든."

해파리 말고도 다른 여러 동물이 있었다. 야단스레 날개를 파닥거리는 벌새, 신문지만큼이나 커다란 날개가 달린 알록달록한 나비떼, 플라밍고와 심해어, 가오리, 갑각으로 감싸인 몸체가 잘 깎은 보석처럼 반짝이는 거대 잠자리.

"모두 마지막 동물들이야. 어떻게 죽느냐에 따라 이들 중 하나를 보는 거지. 불에 타 죽는 사람들은 마지막 나비를 보고, 심장마비로 죽는 사람은 마지막 벌새를 보게 되지. 그러니까 이곳은 가장 완벽한 죽음의 동물원인 셈이야."

그러는 동안에도 1개 대대를 이룬 문어들이 우아하게 지나갔다. 노란색, 초록색 줄무늬 뱀들도 무 안에서 가볍게 기어다녔다. 분홍색 플라밍고는 사열식이라도 하듯 뻣뻣한 동작으로 성큼성큼 걸어갔다.

"죽을 때 고통이 덜할수록 저승길의 친구도 덜 매력적이지. 운이 좋아 노환으로 죽는다면 기껏해야 닭 한 마리 정도밖에 못 볼 거야. 마지막 닭. 닭이 꼬끼오, 한 번만 울어도 너는 벌써 이쪽으로 건너와 있을걸."

"그리고 그후엔 죽음이 영혼을 가져가는 거야? 그게 사실이야?" 귀스타브가 물었다. "태양을 데우기 위해 그걸 태양에 던져버린다는 것도?"

"그런 우주의 중대한 비밀까지 알고 있어? 정말이지 넌 계속 날 놀라게 하는구나, 꼬마야."

괜히 쑥스러워 귀스타브는 잔기침을 했다.

"죽음이 실수로 말해준 거야."

"물론 그랬겠지." 돼지는 껄껄껄 웃었다. "하지만 실수는 아니었을 거야. 어차피 사방에 떠벌리는걸 뭐. 자기 말을 듣고 싶어하든 말든 보는 사람마다 붙잡고 그렇게 떠들고 다니지."

시간이 힘껏 한 번 날개를 치자 동물들은 곧 귀스타브의 시야에서 사라졌다.

"그래도 네 질문으로 돌아가보자. 사실 난 영혼 같은 게 정말로 존재하는지 아직 잘 모르겠어. 죽음은 뭐 대단한 것처럼 법석을 피우지만 그가 들고 다니는 관 속에 정말로 무엇이 있는지는 아무도 몰라. 어쩌면 정말로 영혼이 들었을지도 모르지만, 어쩌면 그냥 뜨거운 공기가 들었을지 몰라. 어찌됐건 태양은 그럭저럭 잘 타고 있잖아. 이 태양계에 아무것도, 생명도 죽음도 존재하지 않을 때도 이미 태양은 타고 있었어. 무슨 말인지 알겠니?"

"아니."

시간은 마치 누가 엿듣기라도 할까 조심스럽게 주변을 둘러보더니 모반의 속삭임에 어울리도록 목소리를 낮추었다. "내 생각엔, 그게 다

속임수 같아. 엄청난 속임수지. 이게 모두 죽음이 준비한 서커스일지 모른다는 거야. 자기 행동이 무의미하다는 걸 들키지 않으려고 말이야."

"그럼 영혼들이 존재하지 않는다는 거구나!"

돼지는 다시 목소리를 높였다. "그렇게 말하지는 않았어! 이미 말했잖아. 나도 모른다고. 나는 그저 미련한 돼지일 뿐이야." 그렇게 말하더니 돼지는 날갯짓을 멈추었다. "자, 다 왔다!"

아무것도 보이지 않았다. 둘을 에워싼 칠흑 같은 우주에 별빛만이 반짝거렸다.

"우리 아래쪽!" 시간은 귀스타브가 아래를 내려다볼 수 있도록 원을 그리며 돌았다. 어지러웠다. 저 아래 커다란 검은 구멍 하나가 입을 쩍 벌리고 있었다. 지름이 100미터는 됨직한, 끝을 알 수 없는 깊은 터널에서 파란 빛줄기가 쏟아져나오고 있었다.

"단단히 잡아!" 돼지가 소리쳤다. "이제 곧 우주의 행정부로 들어갈 테니!"

돼지는 날개를 접고 아래로 내려갔다. 둘은 마치 우물에 던져진 돌멩이처럼 빛의 터널 속으로 곤두박질쳐 들어갔다. 귀스타브는 그제야 그 터널이 기하학적인 구조로 되어 있다는 걸 알아차렸다. 가로세로로 뻗어나간 빛줄기가 만들어놓은 무늬는 거대한 색인카드함을 연상시켰다.

얼핏 서랍처럼 생긴 것들을 본 것 같기도 했는데, 칸칸마다 'A'라는 글자가 적혀 있었다.

"가능성의 복도야." 급강하하며 돼지가 소리쳤다. "우주의 카오스를 정돈하는 곳이지. 물론 제대로 되고 있지는 않지만…… 현실의 삶이 그렇듯이 말이야. 그래도 어떻게든 일을 파악하고 분류해서 저 서랍

속에 넣어두려고 애쓰지. 우주의 온갖 가능성을 수집해 알파벳순으로 정리하는 거야. 한심하지만 어쩔 수 없지 뭐. 관료주의란 원래 그런 거니까." 돼지가 경멸하듯 꿀꿀거렸다. "우주가 보여주는 가능성이 얼마나 큰지 상상할 수 있니? 아니, 넌 상상도 못할걸. 이 터널보다도 더 깊지. 깊이를 상상할 수 없는 이 터널보다도 말이야. 지금부터 수백만 광년을 더 떨어진다고 해도 아마 이 A칸을 벗어날 수 없을 거라고. 아이쿠, 저기 그 벌집이다!"

터널과 직각을 이루며 가로로 통로 하나가 뚫려 있었다. 돼지가 오른쪽 날개를 한 번 세차게 움직였다. 그들은 곧장 푸른빛으로 가득한 그 통로로 꺾어들어갔다.

좌우로 어마어마하게 높이 세워진 벽에 헤아릴 수 없이 많은 작은 방이 보였다. 사각형, 삼각형, 또 오각형으로 제각기 다른 형태의 방들이 마치 벌집처럼 상하좌우 겹겹이 쌓여 있었고, 그 작은 방마다 생명체가 하나씩 들어앉아 있었다. 평범한 바지, 치마, 갑옷부터 지금까지 한 번도 보지 못한 이상한 의상까지 각양각색의 복장을 한 남자들과 여자들. 그리고 새, 곰, 고양이, 개, 물고기, 호랑이, 영양, 소, 오리, 닭, 거위, 아르마딜로, 악어, 얼룩말, 뱀, 물개, 쥐…… 사람이건 동물이건 작은 방 하나에 꼭 하나씩 들어 있었다. 얼핏 텅 비어 보이는 방도 있었지만 좀더 가까이서 들여다보면 벌레 한 마리가 방안을 날아다니고 있거나 모기라도 한 마리 벽에 붙어 있었다. 무리에서 떨어진 개미 한 마리(머리 셋 달린)가 바닥을 기어다니기도 했다. 처음 보는 동물도 많았다. 머리가 둘, 셋, 넷, 다섯, 혹은 그 이상씩 달린 것들. 고동치는 파란 혈관이 고스란히 들여다보이는 은빛 동물들. 수십 개의 촉수와 빨갛게 이글거리는 눈을 가진 것. 과연 저것들도 동물일까? 어른거리는 가스 생명체와 물로 만들어진 새도 그런 경우다.

"미래의 잠재적 벌집들이야." 돼지가 비행 속도를 늦추며 설명했다.

"우주의 모든 존재지. 깔끔하게 정리해서 쌓아올려놨군. 이 모든 생명체의 공통점이 뭔지 혹시 눈에 띄는 거 없어?"

귀스타브는 벌집을 쭉 한번 둘러보았다. 그가 생각에 잠겨 있는 동안에도 수백 칸의 벌집이 스쳐지나갔다.

"글쎄, 몇몇 사람들과 동물들이 엄청 늙은 것 같은데."

"꽤 날카로운걸! 자, 이제 잘 봐!"

돼지는 귀스타브를 태우고 한 노인이 앉아 있는 방으로 날아갔다. 그리고 그 앞에 바싹 다가가 멈췄다.

"잠깐." 귀스타브가 말했다. "왜 하필이면 이런 비실비실한 노인네를 봐야 하지? 신비스러운 지구 밖 동물들을 좀더 보고 싶은데…… 그런데 모두 지구 밖 동물이잖아, 맞지? 다른 행성에 사는 존재 말이야! 나중에 저들을 데생으로 옮기고 연구해서……"

"네 임무!" 돼지가 그의 말을 끊었다. "벌써 잊은 거야?"

"무슨 소리야?"

"너 자신을 만나야 한다고 했잖아. 아니었어? 자, 보라고. 저 노인, 저게 바로 너야."

순간 귀스타브는 노인의 눈빛에 빨려들어가는 듯했다. 온 신경을 그 벌집에 집중시켰다. 스케치하고 싶은 대상을 만날 때면 언제나 그랬듯, 방안의 아주 작은 부분까지 하나하나 열심히 관찰했다.

노인은 등받이가 높은 안락의자에 앉아 있었다. 정확한 나이는 짐작하기가 어려웠다. 일흔, 여든, 아니 어쩌면 백 살일 수도 있었다. 비교적 마른 체구였지만 단련이 잘된 듯 몸은 탄탄해 보였다. 그는 날씬하게 빠진 검을 대단히 열정적으로 허공에 휘두르며 두 발을 힘껏 구르면서 커다랗게 소리내어 책을 읽는 중이었다. 하지만 귀스타브가 본 가장 놀라운 것은 그를 에워싸고 있는 것들이었다. 그 작은 방안은 온통 모험으로 가득차 있었다. 그렇게밖에는 달리 어떻게 설명할 방법이 없었다.

노인의 발치에는 아리따운 젊은 여인 하나가 엎드려 있었다. 옷차림을 보아하니 상류층 출신인 듯한 그녀는 단도를 입에 문 잔인한 악마의 쇠사슬에 묶여 있었다. 더욱 놀랍고 이상한 건 이들의 크기였다. 여인과 악마는 노인에 비하면 반 정도밖에 되지 않았다.

그게 전부가 아니었다. 그보다 더 작은 형체들이 방안에 가득했다. 어떤 것들은 정말 작았다. 한쪽에선 아주 작아서 생쥐에 거뜬히 올라탄 기사 둘이 서로에게 창을 겨눈 채 결투를 벌이고 있었다. 애완용 고양이만해진 용은 안락의자 밑으로 기어들어가 발톱으로 두꺼운 책을 갉아댔다.

열둘은 족히 될 것 같은 기마병과 보병이 긴 창을 들고 좁은 방 한쪽에서 혈투를 벌이는 동안 한 기사와 어린 소녀를 태운 그리핀 한 마리가 공중을 날아다녔다. 그리고 방 앞쪽 구석에는 목이 잘린 채 머리칼이 기둥에 묶인 거인의 머리 하나가 있었다. 테마크티마라고도, 또 마테마티크라고도 불리는 수학자 거인과 당혹스러울 만큼 닮은 것 같았다.

방안이 그토록 난장판인데도 노인은 아랑곳하지 않고 검을 휘둘러가며 꿋꿋하게 책만 읽고 있었다.

"그래." 돼지가 입을 열었다. "저 노인이 바로 너야. 더 정확히 말하자면 팔십 년 뒤의 너. 그러니까 아흔두 살이지. 어때, 믿어지지 않지?"

"내가 그렇게 오래 산다고?"

"아직 몰라. 저건 너의 시공 연속체의 가능한 영상에 비추어본 것뿐이니까. 저게 네 목표이지만 반드시 현실이 된다고는 장담 못해. 그건 사실 전적으로 네가 얼마나 잘해내느냐에 달려 있는 문제니까. 질병이나 전쟁, 사고 같은 것들에 맞서서 말이야. 죽음도 빼놓을 수 없지. 그래도 아흔두 살이라…… 너의 패기를 봐선 거의 있을 수 없는 일이지. 만약 나한테 네 앞날을 진단하라면 오십대에 심근경색을 일으킬 거라고 하겠어. 아주 근사한 죽음이잖아? 꼴까닥, 한 번으로 끝나니까."

"하지만 내가 저만큼 오래 살지 않는다면 어떻게 저기 앉아 있는 거지?"

"시공 연속체의 가능한 영상은 어떤 생명체에게나 있어. 그것도 에, 정확한 통계 자료 같은 걸 바탕으로 해서. 이 영상은 우주의 모든 생명체에게 최대한의 가능성을 보여줘. 다시 말해 그 생명체에게 가능한 최고령의 모습을 보여주는 거지. 어떻게 그럴 수 있는지는 묻지 마! 그런 한심한 짓거리에 신경쓸 시간은 없으니까. 사실 그건 다 우주의 관료주의 때문이야. 그 우스꽝스런 기록부 소관이라고. 내가 차라리 다른 문제들로 바쁜 게 얼마나 다행인지 몰라." 돼지는 안도의 한숨을 쉬었다.

"이게 내가 너에게 보여주고 싶었던 거야. 저 남자 보고 있지, 그렇지? 저 남자가 너야. 더 정확히 말하자면 네가 저 남자가 될 수도 있다는 거야. 어쨌거나 분명한 건 저 노인이 한때는 너였다는 거지. 하지만 네가 저 남자가 될지는 확실치 않아. 그건 그러니까…… 에……" 돼지는 잠시 말을 끊었다. "이거 참, 맥락을 놓쳤군." 돼지는 다시 한번 눈을 가느다랗게 뜨고서 벌집 안을 들여다보았다. 그리고는 생각난 듯 다시 말을 이었다. "저 노인이 행복한지 불행한지, 인생에 만족하는지 그렇지 않은지는 알 수 없어. 어쩌면 지금 노인을 둘러싸고 있는 저 사람들, 저 동물들은 모두 네가 예술가로 살아가면서 만들어낸 모습들인지도 모르지. 저들이 함께하는 덕분에 네 말년이 그래도 덜 고독할 수 있어. 이 영상이 말하려는 건 아마 그런 건지도 몰라." 돼지가 헛기침을 했다.

"그리 유쾌하지는 않지만 이런 해석도 가능해. 그는 더이상 정상이 아닌 거야! 노망이 든 거지. 한창때 머리 위로 화분이 떨어져서 그런 건지 또다른 이유가 있는지는 몰라도 아무튼 지금은 정신병원에 들어앉아 망령들에게 포위되어 있는 거야. 어쩌면 저건 뇌혈관이 터지면서 생긴 망상인지도 모르지! 아니면 알코올중독 때문일 수도 있고! 그것도 아니라면 인생의 순간들을 지나치게 만끽한 결과인지도 모르고! 일력에 적힌 격언에 집착하다보면 그럴 수도 있지 않겠어? 그럴 바엔 차라리 나이 오십에 심근경색으로 죽는 게 더 나을 거야. 어때, 내 말 알아듣겠어?"

"아니."

돼지가 열심히 꿀꿀댔다.

"어떻게 설명해야 하나? 삶이 아무 의미 없다고 직설적으로 말하고 싶지는 않다고. 그러니까, 다시 말하면 음…… 그건…… 그러니까 음…… 말하자면 그게……" 돼지는 적당한 말을 찾느라 끙끙거렸다.

"그러니까, 알맹이가 없다는 거야?" 귀스타브가 말을 받았다.

돼지는 깜짝 놀란 표정이었다. "그거야! 넌 나이도 어린데 정말 놀랍게도 많은 걸 아는구나."

"하지만 왜 우리가 벌집 속 모습처럼 저렇게 그냥 평범하게 늙어갈 수 없다는 거지?"

돼지는 등에 탄 귀스타브가 점점 무겁게 느껴지기라도 하는지 다시 한숨을 푹 내쉬었다. "그건 나한테 물어볼 게 아니라 세상에서 두번째로 무시무시한 괴물에게 물어봐야 해."

"'근심'한테?"

"아니. 근심은 세번째밖에 안 돼. 두번째는 운명이야."

귀스타브는 그 말을 머릿속에 새기려 애썼다.

"아, 참!" 시간이 소리쳤다. "기왕 말이 나와서 하는 말인데, 파란 피 호수에 사는 그 잘난 체하는 놈 말이야. 기사를 잡아먹는 그 괴물 악어는 지금 막 175위로 떨어졌어!"

돼지는 뭔가 불편한지 또다시 끙, 신음을 했다. 그의 다음 말에서 귀스타브는 가벼운 조급함을 느꼈다.

"삶이란, 꼬마야, 그저 고단하고도 아름다운 여행만은 아니란다. 죽음을 향해 한 발 한 발 다가서는 일이기도 하다고. 그건 견딜 수 없을 만큼 고통스럽지! 인간은 그걸 참아내야 하는 거야. 어때, 각오가 돼 있니, 꼬마야?"

"물론."

"그럴 줄 알았어. 누구나 처음에는 다 그렇게 말하지." 돼지는 갑자기 진지해졌다. 거의 엄숙하다고 해야 할 지경이었다. "좋아. 그러니까 넌, 그런 삶을 받아들일 준비가 되어 있다는 거지? 살면서 겪게 되는 놀라운 일까지도?"

"응." 이번에는 돼지의 의도를 정확히 이해할 수 없었음에도 귀스타브는 일단 그렇게 대답했다.

"훌륭해." 시간이 날개를 펼쳤다. "그렇다면 네가 진짜 놀랄 만한 것을 보여주지." 시간은 가죽 날개를 펄럭이며 맹렬한 속도로 노쇠한 생명체들의 영상이 들어찬 수백만 개의 벌집을 지나 터널을 통과했다. 귀스타브는 외계의 촉수 생물들을 좀더 가까이서 보고 싶었지만 통로가 점점 더 높아지고 넓어지면서 벌집도 멀어져갔고 둘은 어느새 다시 우주 한복판이었다. 멀리서 수천 개의 태양이 활활 타오르며 그들을 둘러싸고 있었다.

시간이 갑자기 멈췄다. 그들 바로 아래, 기구 하나가 이리저리 흔들리며 둥둥 떠다니고 있었다. 비눗방울처럼 생긴 그것은 포도주통만한 크기였다. 시간은 귀스타브에게 그 위로 내려가라 시켰고, 귀스타브는 군말 없이 따랐다. 또 무슨 일이 생길지, 은근한 기대에 조금 흥분하기까지 했다.

"너에게 너만의 태양계를 선물하지!" 시간이 대단한 선심을 쓴다는 듯 말했다. "그걸로 뭐든 만들어봐! 네가 지금 올라탄 그건 몇 가지 유용한 화학성분이 들어 있는 가스 기포야. 운만 약간 따라주면 고유의 행성들과 그밖의 잡다한 것들을 거느린 진정한 태양으로 발전할 수 있지. 인내심만 조금 가지면 돼. 몇억 년 정도?"

"날 여기 떨구어놓겠다고?" 깜짝 놀란 귀스타브가 물었다. "잠깐 기다려! 그냥 직접 달까지 날 데려다주면 안 되는 거야? 마지막 임무를 완수해야 한단 말이야!"

"그만하면 염치가 좀 있어야지!" 돼지가 타박을 했다. "달까지 데려다달라고? 거긴 여기서…… 잠깐만, 그러니까…… 7679781887964997865457파섹이나 된다고. 내 최고 비행 속도로도 사천억 년이 걸려. 지금 이만큼도 진짜 멀리 온 거야! 벌써 너 때문에 내 아까운 초 군단을 얼마나 많이 희생시켰는지 몰라."

"은하계 하수구가 있잖아. 지름길로 가도 안 돼?"

"은하계의 배수관은 일방통행이야. 내가 말 안 했던가?"

귀스타브가 분해서 발을 동동 구르는 바람에 가스 기포가 푸르르 떨렸다. "아니, 말 안 했어!"

"뭐, 그럼 내가 깜빡했나보지." 돼지가 애석하다는 듯 어깨를 으쓱했다. "하지만 어쩔 수 없잖아."

"난 여기서 굶어 죽을지도 몰라. 네가 두고 가면 여기서 죽을 거라고!"

"그래…… 하지만 별일 아니라니까!" 돼지가 앞발을 번쩍 들며 대꾸했다. "너를 이루고 있는 요소요소가 그 가스 속에서 분해되어 새 생명체의 거름이 될 거야. 네 고유의 태양계가 원래 그렇게 만들어지는 걸 어쩌겠어? 안드로메다 성운의 한 행성에서 온 어느 소년에게 그 벌집들을 보여주고 우주와 삶에 대해 설명한 적이 있었지. 그런 다음에 지금처럼 그애를 어느 가스 기포에 떨구어주었어. 바로 거기서 지구가 탄생했다고. 인간과 동물, 식물이 살아 숨쉬는, 최근까지 너도 숨쉬던 그 지구 말이야! 그게 바로 생명의 순환이라는 거야! 태양계는 바로 그렇게 생성됐다고. 가스 기포 위에 어린 소년을 세워두는 것에서. 그거야말로 우주의 가장 위대한 기적이지! 아주 작은 원인에서 생겨난 커다란 효과."

돼지는 한 마리 벌새처럼 날개를 붕붕거리더니 서서히 더 높이 올라갔다. "이젠 정말 가봐야 해!" 시간은 마지막으로 귀스타브를 향해 소리쳤다. "내가 너무 오랫동안 한곳에만 머물러 있으면 우주는 그대로 얼어버리거든. 설마 네가 그 책임을 떠맡고 싶은 건 아니겠지, 안 그래?" 돼지는 다시 날개를 펴고 타오르는 태양들의 바다 위를 유유히 날아갔다. 그러고는 놀랍게도 자신과 비슷하게 생긴 별자리까지 가더니 그 바로 옆에서 왼쪽으로 꺾어들어 우주의 암흑 속으로 사라졌다.

언젠가는 귀스타브만의 태양계가 될 거라는, 갖가지 영롱한 빛깔로 변하는 가스 기포 위에 결국 혼자 남게 된 귀스타브는 광활한 우주 속에 새로 얻은 자신의 자리를 둘러보았다. 문득, 벌써 오랫동안 이런 휴식을 맛보지 못했다는 생각이 들었다.

계속되는 모험 속에서 그는 끊임없이 움직여야 했다. 그래, 언제부터였을까? 아벤투레가 바다에 침몰한, 바로 그 순간부터 그에겐 단 일 초도 침착하게 무언가를 생각할 여유가 주어지지 않았다. 삼쌍둥이 토네이도와의 만남, 단테와 다른 선원들의 비참한 최후, 죽음과 그의 미친 여동생, 자신의 영혼을 건 내기, 그리핀과의 비행, 용즙 공장과 벌거벗은 아마조네스들, 용과의 혈투, 마지막 해파리, 아름다운 처녀(그의 가슴을 차갑게 찌른 상처), 텅 빈 갑옷, 판초와의 만남, 수수께끼 같은 꿈의 공주, 유령의 숲에 가라앉은 판초, 숲의 정령들의 광적인 파티. 그리고 여행의 포도주를 마시면서 상황은 더욱 빠르게 돌아갔다. 괴물들의 계곡, 근심과의 대화, 흐느끼는 골짜기에서의 여정, 거인들과의 격투, 부글부글 끓는 악취의 산중 호수에서 만난 기사를 잡아먹는 악어, 그리고 세상에서 가장 무시무시하다는 괴물과의 만남.

그리고 달을 지나 은하계의 하수구를 통과하면서 시간과 공간을 뛰어넘고, 죽음을 목격했다. 다시 한번 쌍둥이 토네이도로부터 달아나 죽음의 동반자인 마지막 동물들과 말머리성운에서는 신비로운 경이를 맛보았다. 우주의 행정부를 구경하고, 시공 연속체의 가능한 영상이 보여주는 미래의 잠재적 벌집까지 돌아보았다. 그뿐만이 아니다. 거기서 다른 누구도 아닌 자기 자신과 만났고, 그만의 고유한 태양계를 받았다. 단 하룻밤에 얻어진 수확치고는 결코 나쁜 것이라 할 수 없었다.

그리고 지금 이 모든 것을 내면의 눈으로 돌아보고, 모처럼 등을 기대고 자신을 둘러싼 무한한 우주를 바라보고 있자니, 또다시 가슴이 아팠다. 귀스타브는 왠지 섬뜩한 마음에 가슴에 손을 얹었다. 하지만 차갑고 불쾌한 통증이 아니라 따스하고 힘이 되는 느낌이었다. 한번 더! 또 한번, 그리고 또 한번 그 느낌이 찾아들었다. 갈라졌던 그의 가슴이 아물고 있었다.

"갈라진 가슴, 네 바늘의 고통으로 꿰맸구나." 귀스타브는 중얼거렸다. "물론 흉터는 남겠지. 하지만 지금은 지금 닥친 문제만 생각하자. 과거는 과거에 부쳐두고, 미래도 미래에 남겨두고! 벌거벗은 처녀들은 이제 생각도 하지 말아야 해! 제일 좋은 건 여기서 죽어야 하는 내 운명을 순순히 받아들이는 거야. 적어도 죽음에게 영혼을 빼앗기기에는 너무 멀리 떨어져 있잖아? 정말로 내게 영혼이라는 게 있다면 말이지만." 귀스타브는 한숨을 쉬었다.

그러고는 벌렁 드러누워 물끄러미 별들을 올려다보았다. 기포가 마치 따뜻한 물이 가득찬 주머니 같아서 불편하지는 않았다. 머리 위로 수백만 개의 태양이 명멸하고 있었다. 그 광경을 바라보고 있자니 벌써 따분해지기 시작했다.

"그러고 보니 시공 연속체의 가능한 영상은 완전히 빗나갔잖아." 귀스타브는 우주를 향해 소리쳤다. "지금 이런 상황에서 아흔두 살이 될 확률은, 친하게 지내던 옛 친구들을 이곳에서 만날 확률보다 가능성이 희박해. 갑자기 혜성을 만날 가능성보다도 희박하고." 귀스타브는 한숨을 내쉬고서 시간이나 때워볼 요량으로 별을 세기 시작했다. 그런데 나머지와 유독 다른 별이 하나 보였다. 반짝거리는 다른 별들보다 희미한 그 별은 움직이고 있었다. 아니, 아예 반짝이지도 않고 점점 더 커지며 자라는 듯했다. 그게 아니면 엄청난 속도로 이리 다가오고 있는 걸까. 그러고 보니 소리까지 들리는 것 같았다. 소리는 점점 더 커지고 있었다. 어떻게 들으면 말발굽 소리 같기도 했다. 어쩌면 혜성의 꼬리에 있는 가스 기포들이 터지면서 나는 것일지도 몰랐다.

"혜성이다! 그래, 당연하지!" 귀스타브는 중얼거렸다. "이제 곧장 내 머리 위로 떨어지겠지! 굉장하군! 나만의 태양계가 생기고, 거기서 겪는 첫번째 사건이 우주의 얼음 파편에 산산조각나는 거라니!"

그 모습이 가까워질수록 그게 혜성이라는 귀스타브의 확신은 점점 옅어져갔다. 처음에는 포악한 군단을 이끌고 죽음이 다시 나타난 것일지 모른다고 생각했다. 말이 히잉거리는 소리가 들리는가 싶더니 말발굽 소리도 점점 더 커지고 있었던 것이다. 정말 말 한 마리를 본 것도 같았다. 하지만 잠시 후 다시 보니 그것은 마차였다. 정확히 네 필의 말이 끄는 고대 로마의 전차가 뿌연 연기로 휩싸인 화염의 궤적을 그리며 달려오고 있었다. 불길 속을 달리는 말들은 날개를 펄럭이고 있었다. 그들은 하나같이 천사처럼 날개가 달려 있었다.

"잘됐군." 귀스타브는 혼잣말을 중얼거렸다. "우주에서 굶어 죽는 사람들에게 나타나는 마지막 말인가보지? 그런데 음악이 없잖아!"

순간 그 말들 사이에 끼어 있는 판초 산사가 눈에 들어왔다. 게다가 판초뿐만이 아니었다. 놀랍게도 그 희한한 전차의 마부석에 아벤투레의 키잡이, 그의 충실한 단테가 앉아 있었다.

혁혁, 히잉, 빛을 뿌리며 달려오던 그들은 귀스타브가 올라탄 기포 앞에 멈춰 섰다. 귀스타브는 벌떡 일어나 얇은 가스막 위에서 어렵사리 균형을 잡았다.

처음에는 셋 다 어이가 없어 말문을 열지 못했다. 두 사람은 한동안 머리를 긁적거리며 입을 떡 벌렸다가 다시 다물었고 판초는 말없이 쿵쿵대고만 있었다. 이윽고 단테가 입을 열었다.

"선장, 이 우주 한복판에서 뭐하고 있는 거야? 쌍둥이 토네이도에 갈가리 찢겨버린 줄 알았는데?"

"나도 네가 그 호수로 뛰어내려 세상에서 가장 무시무시한 괴물에게 잡아먹힌 줄 알았어." 판초도 끼어들었다. 목소리에 약간의 원망과 질타가 묻어 있었다.

"둘 다 내가 너희에게 궁금한 거야." 귀스타브가 말했다. "내 경우는 얘기하자면 아주 길어. 그러니까 너희가 어떻게 여기 오게 됐는지 그 얘기나 먼저 해봐. 그게 더 간단할 것 같으니까!"

"예, 선장!" 단테가 절도 있게 경례를 붙였다. "어때, 내가 먼저 할까?"

판초와 귀스타브가 동시에 고개를 끄덕였다.

"그러니까 그게." 단테가 설명을 시작했다. "난 다른 선원들과 함께 우주로 빨려들어갔어. 한 가지 치욕이 있다면 좋은 뱃사람들은 죄다 우주로 흩어져 날아가버렸다는 거야. 어린 수습 선원 하나만 빼고 말이야. 그 있잖아, 왜, 게으른 육지 녀석! 그러고도 남을 녀석이지." 단테는 우주에 퉤, 침을 뱉었다.

"그때부터 난 우주를 떠돌아다니기 시작했어. 아래로는 바다가 파도치는 푸른 지구가, 위로는 별들이 떠 있었지. 난 생각했어. 아아, 이거 별로 나쁘지 않은 결말인걸. 결국 지금껏 내가 살아온 대부분의 시간처럼 말이야. 그때는 물과 맞닿아 있었다는 것만 다를 뿐. 사실 그렇잖아? 그렇게 이리저리 둥둥 떠다니며 죽음을 기다렸지. 그때 느닷없이 졸졸졸 물 흐르는 소리가 들리는 거야. 우주에서 그렇게 소리가 잘 들리다니 놀라운 일이었지. 뭐 어쨌든 소리가 나고 누가 날아왔게? 죽음이었어. 그 바보 멍청이 말이야. 이상한 노파 하나가 옆에 있었는데, 얼마나 무시무시하게 날 쳐다보던지. 나중에 알았지만 여동생이라고 하더군. 죽음은 내가 누구냐고 물었고, 나는 그런 질문을 할 줄 알고 있었어. 죽음은 으레 그걸 먼저 묻는다잖아? 나는 다른 이름을 댈까 고민했지. 예를 들면 그 게으른 수습 선원의 이름을 대서 속일까 하고 말이야. 그런데 문득 이 우주에서 영원히 떠돌아다니는 것보다는 차라리 그 요괴에게 끌려가는 게 낫겠다는 생각이 드는 거야. 어쨌든 언젠가는 그도 내 정체를 알게 될 테니 솔직하게 말했지.

'단테.'

그러자 그가 묻더군. '그 유명한 작가 말이야?'

그래서 대답했어. '아니, 난 그냥 선원이야, 선원 단테!'

다시 그가 물었지. '선원이 이 우주에서 대체 뭘 하는 거지?' 그래서 난 아벤투레와 샴쌍둥이 토네이도 이야기를 해줬지. 그런데 선장 이름이 나오니까 이 죽음이 갑자기 자지러지게 웃는 거야. 그러고는 말하

176

더군. '넌 재수가 좋았어, 단테. 내게 한 번에 파리 여러 마리를 잡을 방법이 있거든. 혹시 영혼의 관 폐기 담당이 될 생각은 없나?'"

귀스타브는 자기도 모르게 헉 외마디소리를 질렀다.

"당연히 해보겠다고 대답했지. 일자리를 준다는데. 정해진 일을 하는 게 죽는 것보다야 낫잖아, 안 그래? 그래서 뭐 이제 그 일을 하고 있어. 영혼의 관을 달에서 태양까지 날라다가 불길 속에 던져버리는 거야. 끊임없이 일이 밀려드니 죽음 혼자서 그 일을 감당하기가 좀 벅차거든. 내 앞으로 마차도 주어졌어. 그리고 일만 년의 수습 기간을 통과하면 관리로서 불멸을 누리게 돼. 뭐, 내 얘기는 대충 이 정도야, 선장. 죽음의 종이 된 거지." 단테가 경례를 붙였다.

귀스타브는 숨을 깊이 들이마셨다. "좋아. 판초, 그럼 너는? 너는 어떻게 된 거지?"

판초는 헛기침을 했다.

"그러니까, 난 그때 곧장 악어의 입속으로 떨어졌지. 괴물이 날 집어삼키는 건 너도 봤지. 그런데 그 멍청한 악어가 물속으로 가라앉은 거야. 괴물의 주둥이 안이 온통 물바다가 됐지. 말하자면 나는 그냥 잡아먹히기만 한 게 아니라 물에 빠져 죽기까지 한 거야. 어쨌든 그렇게 나는 죽었어. 그게 내 이야기야." 판초가 씨익 웃었다.

"애 좀 그만 태우고 계속해봐!" 귀스타브가 채근했다.

"알았어." 판초가 말을 이었다. "그러니까 난 죽었어. 믿어줘, 정말이지 나도 그럴 준비는 안 돼 있었어. 아직 몇 가지 할 일이 남아 있었으니까. 하지만 뭐 이미 벌어진 일이니 받아들일 수밖에. 물론 무척 긴장했지. 이제 무슨 일이 닥칠까 하고 말이야. 말들의 천국도 있을까, 아니면 말들의 지옥에 떨어질까. 내가 가게 될 그곳은 밝은 빛으로 가득

할까, 아니면 다른 무엇이……"

"본론만 말해, 판초!"

"그러니까, 내 발이, 아니 발굽이지, 내 발굽이 닿은 곳은 온통 밝은 빛으로 가득했어. 그리고 난데없이 해파리 하나가 보였지. 해파리는 정말 아름다웠어. 음악 소리도 들렸어. 역시 정말 아름다웠지. 그래서 난 내가 지금 미쳤나보다 생각했어. 그런데 갑자기 그 해파리가 말을 하기 시작하는 거야. 해파리가 나한테 한다는 말이……"

"나도 그 해파리 알아. 그 부분은 생략해도 돼."

"그 해파리를 안다고? 그럼 너도 물에 빠져 죽은 거야?"

"딱히 그렇지는 않아. 어서 이야기나 계속해봐!"

"그래, 한다니까. 나는 결국 하늘로 올라갔어. 글쎄, 뭐라고 해야 좋을까? 정말로 말들의 천국이 있더라니까! 이렇게 날개까지 생겼지 뭐야. 말하자면 천사 말이 된 거지. 멋지지 않니? 말인 내가 이 위에서 이렇게 대단한 존재일 거라고는 꿈도 못 꾸었거든. 내 이름을 딴 별자리까지 있다니까! 말 머리 모양의 거대한 성운이 있는 거 알아?"

"응, 알아." 귀스타브가 대답했다.

"역시 넌 정말 많은 걸 알고 있구나!" 판초는 깜짝 놀랐다.

"최근에 아주 멀리까지 돌아다녔거든. 그런데 단테는 어떻게 알게 됐어?"

"아, 그건 순 우연이었어. 게시판에서 단테의 마차에 일자리가 났다는 광고를 보고……"

"무슨 게시판?"

"그야 우주 게시판이지! 이 위에도 있을 건 다 있다는 거 알아? 블랙홀, 게시판, 은하계 하수구……"

"알았어, 알았어!" 귀스타브가 손을 내저었다. "그러니까 너도 결국 죽음의 종이 된 거구나."

"꼭 그렇지만은 않아. 우린 쌍방의 해고 통보기간에 대해 합의를 했어. 백만 년." 판초는 이를 씩 드러내고 웃어 보였다.

"그런데 어떻게 우주에서도 이렇게 외진 곳까지 오게 됐지?"

"아, 판초에게 기분 전환을 좀 시켜주려고 했던 거야, 선장!" 단테가 대답했다. "늘 태양과 달 사이의 최단 코스로만 다니다보니 좀 지루해져서. 보통 점심시간에는 다른 은하계를 돌아보지."

작은 혜성이 그들의 머리 위를 지나 곤두박질치더니 폭죽처럼 불꽃을 흩뿌리며 사라져갔다. 귀스타브는 한번 더 깊이 숨을 들이마시고 마지막 질문을 던졌다. "너희, 그게 아니라 새 영혼의 관을 가지러 달에 가는 길에 우연히 들른 거 아니야?"

"그래, 맞아!" 판초가 깜짝 놀라며 소리쳤다. "어떻게 알았어?"

"내가 원래 그런 거 잘 알아맞히잖아. 그 거인들을 생각해봐!"

"하긴 수수께끼 거인들 일은 정말 굉장했어!" 판초가 기억을 떠올리며 말했다.

"피를 좀 많이 보긴 했지만, 결국은 그들이 시작한 일이니까."

"나도 같이 가면 안 될까? 죽음을 좀 만나야 하는데."

"되고말고, 선장!" 단테가 호탕하게 말했다. "타, 우리가 달까지 데려다줄게. 문제없어, 전혀!"

귀스타브는 마차에 올라타 단테의 옆자리에 앉았다. 예전 습관이 남았는지 출발 명령을 내리려는데 그때 문득 뭔가가 뇌리를 스쳤다. "그런데 이 밤이 다 가기 전에 달까지 갈 수 있을까? 시간이 그랬거든. 수억 년이 걸린다고."

"아아, 시간이라면 그 박쥐 날개를 달고 다니는 뚱보 돼지!" 판초가 앞에서 콧소리를 냈다. "하지만 우리에게는 페가수스의 날개가 있는 걸! 마차 바퀴는 혜성의 분말을 압축시켜서 만든 거야! 그리고……"

"입 닥쳐, 판초!" 단테가 소리치며 고삐를 팽팽하게 잡아당기자 판초는 입을 꾹 다물었다.

"가면서 내 이야기를 들려주면 되겠군." 귀스타브가 말했다. "거기까지 가려면 시간이 좀 걸릴 테니까."

"글쎄, 선장! 이 마차는 돛단배하고는 좀 다르거든. 꽉 잡아!"

귀스타브는 좌석 쿠션에 몸을 바싹 붙였다.

"이라!" 단테는 탁 소리가 나도록 고삐를 잡아당겼다. 말들의 날갯짓과 함께 마차는 전속력으로 날기 시작했다. 마차가 갑자기 출발하는 바람에 귀스타브는 앉은 채 뒤로 벌렁 자빠졌다.

"워워!" 단테가 말했다. "다 왔습니다!"

정말 눈 깜짝할 사이 일어난 일이었다. 귀스타브는 마차 등받이 너머로 고개를 빼고는 못 믿겠다는 듯 한참을 두리번거렸다. 발아래는 정말로 온통 크고 작은 크레이터로 뒤덮인 달이었다. 저멀리 푸른 대양을 품은 지구가, 그리고 그보다 더 멀리서 눈부시게 작열하고 있는 태양이 보였다. 그들은 정말 고향인 태양계로 돌아온 것이다.

"정말 빠른걸." 귀스타브가 놀라 말했다.

"이 정도야 뭐." 단테가 말했다. "이 마차엔 최첨단 장비들이 장착되어 있어. 끊임없이 늘어나는 업무를 감당하려면 꼭 필요한 것들이지."

그들은 곧 착륙을 시도했다. 마차는 어느 크레이터 안에 사뿐히 내려앉았다.

"고요의 바다야, 선장. 종착역이지. 저 앞에 있는 게 바로 죽음의 거

처야." 단테가 크레이터 가장자리에 자리잡은 어두컴컴한 저택을 턱으로 가리켰다. 2층짜리 저택에는 위층에만 불이 켜져 있었다. 높은 여닫이 현관문—닫혀 있었다—위에 흉상 하나가 장식되어 있었다. '이상하다.' 귀스타브는 생각했다. '내가 이 문을 대체 어디서 봤지?'

커다란 까마귀 한 마리가 음산한 저택 위를 맴돌고 있었다. 소름끼치는 까마귀의 울음소리가 크레이터 위로 울려퍼졌다.

"불이 켜져 있군." 단테가 먼저 입을 열었다. "그러니까 그들은 집에 있는 거야. 죽음과 그 미친 여동생 말이지. 밤 산책 삼아 여기 어디쯤을 날아다니고 있을 수도 있어. 그래도 근처에 있을 거야."

"그런데 달에도 동물이 있어?" 귀스타브가 깜짝 놀라 물었다.

"죽음이 이곳을 제집처럼 만들려고 몇 종 가져왔어. 까마귀 말고도 부엉이, 생쥐, 박쥐, 거미 같은 것들이 있지. 다른 벌레들도 좀 있고. 엄청 많아. 물론 개미도 있어. 개미는 뭐 예전부터 살고 있었던 거지만."

"고용주로서는 어때? 죽음 말이야." 마차에서 내리면서 귀스타브가 물었다. 귀스타브의 발이 닿자 부드러운 바닥이 고무처럼 움푹 들어갔다.

"솔직히 말하면 뭐 불평할 정도는 아니야. 같이 여행을 하고 싶은 타입은 아니지만 서로 부딪칠 일이 거의 없으니까. 그의 여동생은 집에서 영혼의 관들을 신선한 영혼으로 채운다고 하더군. 그리고 나면 죽음이 그 관들을 집 뒤로 가져다놓는 거야. 그다음엔 내가 그걸 수거하고. 그게 다야. 이따금 정신 나간 여동생과 다투는 소리가 들리기도 하더군."

어디선가 날갯짓 소리가 들려왔다. 까마귀가 내는 소리치고는 너무 크다 싶어 단테는 하늘을 올려다보았다.

"아, 저기 오는군!" 그가 작은 소리로 말했다. "선장은 약속 있지! 우린 가던 길이나 계속 가는 게 좋을 것 같아. 대장은 직원들이 농땡이 치는 걸 별로 좋아하지 않으니까."

귀스타브는 다시 한번 위를 올려다보았다. 죽음과 그 여동생이 망토를 나부끼며 달 위에 내려앉았다. 데멘티아를 두 팔로 꼭 껴안고 있는 죽음은 어느새 귀스타브가 처음 만났을 때의 그 모습으로 돌아가 있었다.

"잘해봐, 친구!" 판초도 서둘러 작별을 고했다. "너를 태울 수 있어서 영광이었어." 그리고 오른쪽 앞 발굽을 내밀었다.

"그래. 너희도 그 멋진 마차, 늘 조심해서 몰아." 귀스타브도 인사에 답했다.

"걱정 마!" 판초가 대답했다. "너도 알잖아, 죽음이 누구에게 무언가를 줄 때는 자신도 탐나는 걸 준다는 것을."

단테가 고삐를 잡아당기자 말들이 크게 날갯짓했고 마차는 위로 떠올랐다.

"아 참, 한마디 더." 판초가 위에서 소리쳤다.

귀스타브가 올려다보았다.

"그 한심한 악어와의 일은 우리 둘만의 비밀이야, 알았지?"

"알았어!" 귀스타브는 눈을 찡긋했다.

마차는 아주 빠르게 공중으로 올라갔고, 귀스타브는 순식간에 아득히 멀어진 단테가 묻는 소리를 들었다. "무슨 악어?" 그때 그들은 이미 별들의 섬광 속으로 자취를 감춰 보이지 않았다.

같은 순간, 그 이상한 남매는 소리도 없이 달 표면에 내려앉았다. 죽음이 내려놓자마자 재빨리 옆으로 한 발짝 떨어져나와 부드러운 표면

에 앉은 데멘티아는 달의 자갈을 가지고 장난치며 노래를 부르기 시작했다.

죽음이 귀스타브를 향해 창백한 얼굴을 돌렸다. 이곳, 차가운 우주의 빛 속에서 그는 지구에서보다 더욱 비현실적으로 느껴졌다. 그는 차갑고 사무적인 목소리로 말했다.

"여태까지의 임무를 완수했다 들었다. 이빨도 가지고 있나?"

"물론." 귀스타브는 승리의 트로피를 꺼내는 대신 수완 좋게 협상하듯 대답했다. "가지고 있지."

"그럼 어디 한번 내놔봐!" 해골의 목소리에는 탐욕과 초조함이 뒤섞여 있었다.

"그리 급할 것 없잖아!" 귀스타브가 말했다. "그런데 그걸로 뭘 하려고?"

"네가 상관할 일이 아니야!"

"그걸로 자살하려는 거야!" 데멘티아가 킥킥거리며 끼어들었다.

"데멘티아!" 해골이 씩씩거렸다.

"시간의 이빨, 그건 죽음이 스스로 목숨을 끊을 수 있게 해주는 유일한 무기야. 오빠가 얼마나 죽고 싶어하는지 넌 모를걸." 데멘티아는 아랑곳 않고 무자비하게 말을 이었다.

"잠깐!" 귀스타브가 말했다. "죽음이 죽고 싶어한다고? 네 말은 그러니까 시간의 이빨로 자살을 하려 한다는 거야? 그렇게 되면 아무도 죽을 필요가 없어지잖아?"

"그렇다니까." 데멘티아는 킥킥거렸다. "너로 인해 세상에서 장례식이 사라지겠지. 넌 진정한 영웅이 될 거야, 꼬마야."

귀스타브가 갑옷 속에서 이빨을 꺼내 건네자 해골은 다급하게 낚아챘다. 그리고 이리저리 달빛에 비춰가며 한참 살펴보았다.

"뭐하는 거야!" 데멘티아가 소리쳤다. "빨리 죽어!"

죽음은 이빨을 쥐고 있던 손을 떨구었다.

"틀렸어." 그가 푹 한숨을 내쉬었다. "송곳니여야 한다고. 이건 어금니잖아."

"틀렸다는데! 엉뚱한 걸 가져왔다고!" 데멘티아가 귀스타브에게 야유를 보내며 자갈 하나를 냅다 집어던졌다.

"그러니 넌 임무를 완수한 게 아니야." 해골이 음울한 목소리로 말을 이었다.

"그걸 내가 어떻게 알았겠어? 나는 너희에게 세상에서 가장 무시무시한 괴물의 이빨을 가져다줬어. 바로 그게 내 임무였고. 반드시 송곳니여야 한다는 말은 아무도 안 했잖아." 귀스타브는 화가 치밀어올랐다.

"안됐지만 그 말이 맞아, 오빠." 데멘티아가 귀스타브를 거들고 나섰다. "어떤 임무라고 확실히 말하지 않았으니 오빠 책임이라고."

"어쨌거나 상관없어." 죽음이 투덜거렸다. "임무는 이게 다가 아냐! 한 가지를 더 해야 한다고."

"나도 알아. 그래서 여기 온 거잖아. 이렇게 기다리고 있어."

"말하지." 죽음이 웅얼거렸다. "마지막 임무는…… 에, 마지막 임무는……"

"그래서 마지막은……?" 데멘티아가 재촉했다.

"에…… 마지막으로…… 음, 말해봐, 꼬마야. 너는 도대체 뭐가 되고 싶지? 그러니까 만약 여기서 살아남는다면 말이야."

"예술가가 되고 싶어." 귀스타브는 망설임 없이 대답했다. "난 화가가 될 거야."

"그렇군." 해골이 말했다. "그래, 화가가 되고 싶다…… 좋아! 그럼 네 마지막 임무는 이거야. 내 초상화를 그리는 것! 네가 그린 초상화가 마음에 들면 그후에 임무의 완수 여부를 판단하지."

죽음이 손가락을 퉁겨 딱 소리를 내자, 어느새 귀스타브의 손에 종이 한 장과 연필 한 자루가 들려 있었다.

귀스타브는 종이를 세심히 살펴보았다. 아주 좋은 종이였다. 적당히 무게가 있는데다 표면이 너무 매끄럽지도 않았다. 연필도 손에 딱 들어왔다. 귀스타브가 바랄 수 있는 최고의 임무였다. 그가 좀 할 줄 안다고 자신 있게 말할 수 있는 게 있다면 바로 데생이었으니까. 귀스타브는 표면이 부드럽고도 단단한 달의 바위에 자리를 잡고 앉아 그림을 그리기 시작했다.

귀스타브는 살기 위해 스케치를 했다. 그는 비유를 담은 그림을 그리기 시작했다. 도화지 위에 그려진 건 지구 위에 앉은 한 남자의 모습이었다. 뼈만 남은 그의 앙상한 손에는 낫 한 자루와 모래시계 하나가 들려 있었다.

귀스타브는 그 어느 때보다도 혼신의 힘을 다했다. 그는 꿈속을 걸어다니는 몽유병자와도 같은 확신으로 가득차 있었다. 비율, 선영, 명암, 옷자락의 주름과 해골의 해부학적인 묘사…… 모든 것이 완벽했다. 지금처럼 이토록 빠르게, 이토록 확신에 차서, 인쇄해도 될 만한 데생을 할 수 있기를 얼마나 꿈꿔왔던가. 그랬다, 당장 인쇄해도 좋을 그림이었다. 목판이나 동판에 다시 새길 필요조차 없었다. 마술 연필이 따로 없었다! 지금까지 이보다 더 멋진 그림을 그린 적은 결단코 없었다.

"끝났나?" 죽음이 조급하게 물었다. "이리 줘봐!"

도화지를 건네받은 죽음은 오랫동안 아주 유심히 데생을 들여다보

았다.

"아주 형편없군! 맞는 게 하나도 없잖아! 비율도 엉망이야. 이 선들 좀 봐, 아마추어 냄새가 풀풀 나는군. 이 옷자락의 주름들은 또 어떻고, 최악이야. 명암은, 이거 수준 알 만하군. 원근법은 아예 무시했고. 이 어설픈 대비 좀 보라지. 게다가 이런 해골의 해부학적인 묘사라니. 내 모습은 절대 이렇지 않아!"

귀스타브는 온몸이 산산조각나는 듯했다. 여태까지 자신의 데생을 두고 그토록 부정적인 평가를 내린 사람은 아무도 없었다.

"그리고 황금 컴퍼스는 또 어떻게 된 거지?" 죽음은 비판을 이어갔다. "훌륭한 작품들은 예외 없이 황금 컴퍼스에 맞추어 만들어지지. 그런데 한번 봐. 이건 도무지……"

귀스타브는 눈을 꼭 감아버렸다. 황금 컴퍼스? 지금 대체 무슨 말을 하는 거지? 혹시 황금분할 말인가? 잠깐…… 그렇다면 죽음이 데생에 대해 안다는 건가?

"색깔은 또 어떻고?" 해골이 계속 불만을 늘어놓았다. "너무 두껍게 처발랐잖아!"

데멘티아가 새된 소리로 깔깔거렸다.

색깔이라니. 귀스타브는 생각했다. 무슨 색깔? 데생은 흑백이잖아!

죽음은 도화지를 휙 집어던졌다. "아무짝에도 쓸모가 없군!" 해골의 죽은 눈구멍이 귀스타브를 향했다.

그럼 그렇지! 온몸에 소름이 돋았다. 그리고 순간, 모든 것이 확실해졌다. 눈! 죽음에겐 눈이 없다! 그는 장님이야!

데멘티아는 계속 킥킥거리고 있었다.

그래, 좋아. 귀스타브는 중얼거렸다. 결국 저 해골은 나를 속인 거야. 내

작품이 아무리 뛰어나도 저런 식으로 계속 트집 잡겠지.

"그렇다면 내가 마지막 시험에 합격하지 못했다는 뜻인가?" 귀스타브는 침착하게 물었다.

"말하자면 그렇지." 죽음이 대답했다. "사실 마지막 임무엔 합격 불합격이 없어. 오로지 네가 죽을 준비가 되어 있는지가 중요할 뿐." 그는 좀더 긴 강의를 시작했다.

"불완전하고 미숙한 인간의 목숨을 빼앗는 건 정말이지 재미없어. 완벽한 교육을 받은 인간, 제 능력의 절정에 도달해 있는 인간의 목숨을 가져가는 게 훨씬 재미있지. 살면서 뭔가를 이룬 인간들, 그래서 쉰 살쯤 되면 곧잘 심근경색으로 쓰러지는 인간들. 그런 인간들을 데려오고 싶어." 해골은 야비하게 히죽거렸다.

"한 가지 목표를 이루기 위해 수십 년간 뼈가 부서져라 일만 한 인간 말이야. 막 성공의 정점에 숨가쁘게 올라서는 마침내 자기 노동의 결실을 누리는 자신의 모습을 그려보는 그때, 콰당! 싹! 바로 그 순간 목숨을 낚아채는 기분이란! 정말 끝내주지!" 죽음은 뼈밖에 없는 주먹을 허공에 대고 휘둘러댔다. "그런 영혼은 마땅히 기름질 수밖에 없고 그러니 더 잘, 더 밝게, 더 오래 타는 법이거든. 거기에 비하면 네 영혼은 빈약하기 그지없어. 태양까지 실어나르는 수고조차 아까울 정도라고."

죽음은 무언가를 던지는 시늉을 해 보였다. "가라. 가서 더 노력하고 공부하고 싸우고 패배하고 승리하고 좌절하고, 그리고 처음부터 다시 시작해. 헛된 기대는 하지 말고 차라리 너 스스로를 불살라! 그렇게 네 영혼을 기름지게 살찌우라고! 그리고 끝나는 그 순간까지는 결코 삶을 찬양하지 마! 삶의 의미는 죽음, 바로 그것이니까. 하지만 넌 아직 죽을 준비가 되어 있지 않아. 전보다 훨씬 더 많은 연습이 필요해."

죽음은 귀스타브를 외면했다. "이제 가도 된다!" 그는 무뚝뚝하게 한마디 던지고는 망토를 끌며 집을 향해 성큼성큼 걸어갔다. 데멘티아도 벌떡 일어나 아이처럼 춤추고 킥킥거리며 그를 뒤따라갔다.

"가라고? 어디로?" 귀스타브가 그들의 등뒤에 대고 소리쳤다. "여긴 지금 달이야! 어디로 가란 말이야?"

무시무시한 남매가 멈춰 서서 뒤를 돌아보았다.

"아 참, 그렇지!" 죽음이 중얼거렸다. "너희 유한한 존재는 아직 날 줄 모르지. 매번 깜빡한다니까."

그는 망토 안을 뒤적거렸다.

"자, 이 날개를 달아!" 해골은 옷 속 깊숙한 곳에서 가죽 날개 한 쌍을 꺼내 내밀었다. 꼭 거대한 박쥐에게서 떼낸 것처럼 생긴 것이었다. 날개를 받아든 귀스타브는 고개를 숙여 고마움을 표했다.

"내가 직접 제작한 거야. 가끔은 나도 좀 멋있어 보일까 해서 달고 다니지. 그걸 몸에 묶어맨 다음 크레이터의 삐죽삐죽한 봉우리에 올라서서 바닥을 박차고 뛰어올라봐. 나머지는 저절로 될 거야." 그러고서 죽음은 또다시 휙 등을 돌렸다.

데멘티아도 여전히 낄낄대며 제 오라버니를 뒤따라 내달렸다. 저택의 문 앞에 이른 죽음은 잠깐 멈추어 서서 한참 망토 속 여기저기를 뒤적거렸다. 귀스타브에게 소리 죽여 내뱉는 욕설들이 들려왔다. 마침내 해골은 열쇠를 의기양양하게 들며 소리쳤다. "찾았다!"

죽음이 집안으로 들어가자 커다란 까마귀가 깍깍거리며 지붕 용마루에 내려앉았다. 데멘티아도 곧장 뒤따라 들어갔다. 문이 완전히 닫히기 직전, 그녀는 멈칫 서더니 문틈으로 얼굴을 내밀고 귀스타브에게 다시 한번 미소를 던졌다.

순간 그 문을, 아니 지금 이 장면 전체를 어디서 보았는지 떠올랐다. 바다 밑바닥, 익사 직전에 보았던 바로 그 광경이었다.

"또 만나!" 데멘티아가 부드럽게 속살거리며 귀스타브에게 멀리서 키스를 보냈다. 그리고 문이 닫혔다.

귀스타브는 고요의 바다에서 가장 높은 봉우리로 올라갔다. 가죽 날개를 몸에 달고 무릎에 몇 번 반동을 주어 힘껏 뛰어올랐다. 그는 불꽃 로켓처럼 위로 솟아 곧장 지구로 향했다. '이거 거인을 때려눕히는 것보다도 쉽잖아.'

우주를 나는 동안 사실 날개는 필요 없었다. 달에서 발을 구르자 포탄처럼 날아가 어느새 지구 대기권에 진입해 있었다. 부드럽고 따뜻한 바람이 그를 감싸왔다.

귀스타브는 잠시 자유낙하를 마음껏 즐겼다. 간밤에 갖가지 이동수단을 경험했지만 이렇게 스스로 나는 것이 단연코 최고였다. '멋진걸! 한 마리 새처럼 바람에 몸을 싣고 날다니.'

지구가 점점 더 가까워지는 걸 본 귀스타브는 몇 차례 공중제비를 넘고 큰 원을 그리며 자유낙하 시간을 줄여갔다.

그랬다, 방향은 제대로 잡은 것 같았다. 바로 아래 유럽 대륙이 펼쳐져 있었다. 장화를 닮은 이탈리아가 보였고, 그 위 왼쪽으로 그의 고향 프랑스가 보였다. 윤곽만 대강 보이던 대륙이 급속도로 가까워졌다.

저기 멀리 보이는 황록색 숲과 들판, 그 사이 놓인 회색 점…… 저것은 파리였다! 환상적이었다! 얼마나 파리를 그리워했던가. 그 회색 점은 순식간에 거미줄 모양의 도로가 되었다. 귀스타브는 이제 구역 하나하나까지 분간할 수 있었다. "저기, 센 강이네. 시내에 바로 착륙하자." 귀스타브는 감격해서 소리쳤다. "이쯤에서는 날개를 이용해야겠지?"

귀스타브는 날갯짓을 해보려 했지만 어찌된 일인지 날개는 꿈쩍도 하지 않았다. "우주의 냉기 때문에 아직 뻣뻣한가?" 그렇게 혼잣말을 하고 아무리 애써봐도 소용없었다. 날개는 뻣뻣하게 굳은 채 꼼짝도 하지 않았다. 뼈와 뼈 사이의 얇은 비막만 바람에 펄럭거릴 뿐이었다. 이제 건물 지붕의 기왓장 하나하나까지 눈에 들어올 정도였지만 또다시 움직여보아도 헛일이었다. 꼼짝도 하지 않는 날개는 아무짝에도 쓸모없었다. 귀스타브는 돌멩이처럼 곧장 아래로 떨어지고 있었다.

"죽음이 무언가를 줄 때는 자기 자신도 탐나는 걸 준다고!" 순간 판초의 말이 뇌리를 스쳤다. 귀스타브는 깨달았다. 이대로 이렇게 죽어야 한다는 것을.

"결국 나를 또 속였군." 씁쓸하고 허탈한 웃음이 새어나왔다. "그는 쓸모없어진 날개 한 쌍을 내게 던져준 것뿐이었어. 바보같이 나는 거기에 고마워한 거고."

저 아래 넓은 광장이 펼쳐져 있었다. 자갈이 깔린, 파리에서는 쉽게 볼 수 있는 광장이었다.

"나도 죽음의 종이 된 거야!" 그것이 귀스타브가 포석 도로에 곤두박질치기 직전 머릿속을 스친 마지막 생각이었다.

잠에서 깬 귀스타브는 자리에서 벌떡 일어나 앉았다. 입술만 달싹거릴 뿐 비명조차 제대로 나오지 않았다. 두 눈은 공포로 커지고 이마에서는 식은땀이 흘렀다. 땀에 젖은 머리카락은 얼굴에 달라붙어 있었다. 여기가 어디지? 내가 정말 죽은 건가? 사위는 온통 잿빛 무無로 둘러싸여 있었다. 어디선가 불빛 하나가 반짝였다. 별인가? 아니, 그곳은 이제 우주가 아니었다. 그곳은 지난밤 그가 잠들었던 그의 방이었다. 머리 위 천장, 좌우로 서 있는 어두운 벽, 그의 방이 틀림없었다. 저 천장 아래서 날아다니는 게 그리핀인가? 정말 그랬다. 그의 옆에는 박쥐의 날개를 단 돼지도 퍼덕거리고 있었다! 어둠 속에서 용 한 마리가 나타나 주둥이를 벌리고 푸르스름한 주홍빛 불기둥을 뿜어댔다. 용 위에 올라탄 건 그 처녀인가? 벌거벗은 처녀?

아 저기! 방 한구석에서 두 개의 회오리바람이 동시에 일어 윙윙거리며 주위를 휩쓸고 있었다. 샴쌍둥이 토네이도다. 저 회오리바람을 피해 아벤투레의 뱃머리를 돌렸었지. 대체 무슨 일이지? 방 구석구석에서 크고 작은 요괴들이 와글거렸다. 외다리 새 한 마리가 깍깍 소리를 내며 폴짝폴짝 뛰어다니고, 곱사등이 난쟁이가 모자를 들썩이며 메뚜기를 타고 돌아다니고, 뱀처럼 생긴 괴물 두 마리가 레슬링을 벌였다. 흉측하게 생긴 거미는 기다란 다리로 이곳저곳을 기웃거리고 돌아다녔다. 방안이 온통 모험으로 가득했다!

그랬다, 바로 그랬다. 그는 죽은 것이다! 파리의 포석 도로 위로 곤두박질쳐 그대로 박살이 났던 것이다. 그리고 지금 이곳은 그의 미래의 잠재적 벌집이었다. 짧은 생애의 추억들로 채워진 마지막 종착역, 우주의 양로원이었다. 그의 나이 이제 겨우 열두 살, 그것이 그가 이룬 전부였다.

눈이 차츰 빛에 적응되어가면서 귀스타브는 완전히 잠이 깼다. 잠시 숨을 고른 그는 얼떨떨한 기분으로 주위를 돌아보았다. 그 방, 그러니까 그의 방은 아직도 좀 어두컴컴하긴 했지만 새벽의 여린 햇살이 조금씩 커튼 사이로 스며들고 있었다. 어쩐지 방이 거꾸로다 싶었는데 곧 자신이 침대 발치에 머리를 두고 있었음을 깨달았다. 침대는 엉망이었는데, 시트는 매트리스에서 절반이나 벗겨졌고, 간밤에 한바탕 싸움이라도 벌인 듯 베개는 바닥에 내팽개쳐져 있었다.

귀스타브는 가까스로 몸을 일으켜 침대 모서리에 걸터앉았다. 슬리퍼를 찾아 침대 밑을 이리저리 맨발로 더듬고 있으려니 무언가 채는 게 있었다. 잠들기 전 읽곤 하는 책 몇 권이 주위에 나뒹굴고 있었다. 세르반테스의 『돈키호테』, 아리오스토의 시집 한 권, 단테의 『신곡』 중 「지옥 편」, 그리고 또다른 몇 권의 책이 공책들과 뒤섞여 있었다. 생물, 수학, 지리, 물리, 천문학, 철학…… 문득 숙제를 끝내지 않았다는 사실이 떠올랐다.

맨 위에는 그가 잠들기 직전까지 그림을 그리던 스케치북이 놓여 있었다. 귀스타브는 스케치북을 집어들고 제일 윗장에 그려진 데생을 멍하니 들여다보았다. 검은 망토를 두른 죽음이 지구 위에 앉아 있었다. 어느 시구에선가 모티프를 얻은 것이었다. 옷자락의 주름들이 왠지 어설퍼 보였다. 해골도 해부학적으로 따져보면 정확하지 못했다. 귀스타브는 스케치북을 바닥에 내던졌다.

"정말 졸작이군." 그는 낮은 소리로 중얼거렸다. "죽음의 말이 맞았어. 나는 훨씬 더 많이 연습해야 해."

귀스타브는 눈을 비비며 늘어지게 하품을 했다. 그리고 자리에서 일어나 비틀비틀 창가로 걸어가 커튼을 활짝 젖혔다.

어느새 날이 밝아 있었다.

이 책에 사용된 목판화들은 귀스타브 도레의 다음 일러스트 작품집에서 발췌한 것이다.(괄호 안은 이 책의 페이지)

- 새뮤얼 테일러 콜리지, 『늙은 수부의 노래』(11, 16)
- 루도비코 아리오스토, 『광란의 오를란도』(28, 31, 37, 59, 79, 93, 181)
- 에드거 앨런 포, 『까마귀』(41, 184, 188)
- 미겔 데 세르반테스, 『돈키호테』(109, 125, 130, 165)
- 에르네스트 레팽, 『크로크미텐 전설』(99)
- 라블레, 『가르강튀아와 팡타그뤼엘』(140)
- 밀턴, 『실낙원』(196)
- 성경(157, 200)

귀스타브 도레에 대해 더 많은 것을 알고 싶은 독자들을 위해 중요한 전기적 사실을 담은 연보와
주요 작품 목록을 덧붙인다.

1832   1월 6일, 스트라스부르에서 피에르 루이 크리스토프 도레와 알렉
          상드린 마리 안(결혼 전 성은 플뤼샤르) 사이에서 태어남.

1837   다섯 살 때 가족과 교사의 캐리커처를 공책에 그리면서 재능을 드
          러냄.

1839   여러 악기를 배우기 시작. 특히 바이올린 연주 기교가 뛰어났음.

1841   아버지의 직업 때문에 가족 모두 쥐라의 부르캉브레스로 이사. 그
          곳 중학교에 진학. 단테의 『신곡』을 주제로 해 처음으로 일러스트
          를 그려봄.

1847   일러스트를 그린 『헤라클레스의 모험』이 파리 오베르 출판사에서
          첫 출간.

1848   부모와 함께 처음으로 파리 방문. 일러스트 잡지를 펴내는 샤를
          필리퐁을 만나 일러스트레이터 계약을 함. 리세 샤를마뉴 고등학
          교에 다니기 시작. 아버지 사망.

1849   파리로 이사.

1851   어린 시절 작품집 『유람여행의 불쾌함』 출간. 『릴뤼스트라시옹』
          잡지사에서 일하게 됨.

1853   바이런 전집에 일러스트를 그림.

1854   첫 주요 일러스트 작품집인 라블레의 『가르강튀아와 팡타그뤼엘』
          출간. 이 작품으로 큰 명성을 얻게 됨. 같은 해 『성스러운 러시아
          의 생생한 역사』 출간. 크림전쟁을 다룬 이 만화책은 풍자적이고
          도 스타일의 과감한 시도가 엿보이며, 신문연재 만화의 선구라 할
          만함.
          화가로서 거둔 첫 성공.

1855	파리 만국박람회.
	발자크의 『우스꽝스러운 이야기』에 일러스트를 그림. 일러스트레이터로서 세계적인 명성을 쌓기 시작함. 발자크의 책과 도레의 일러스트에 대해 존 러스킨은 다음과 같이 평함. "악의 문학에서도, 인간의 예술에서도 이보다 더 끔찍하고 이보다 더 구역질나는 것은 출간된 적이 없다. 타락이라는 단어와 두 사람을 떼어놓을 수 있기는 할지 나로서는 상상조차 되지 않는다. 텍스트는 지독하고 추하고 미묘한, 몇몇 신부님의 입을 통해 나오기도 하는 파렴치로 꽉 차 있다. 그림은 한마디로 조야하기 짝이 없다. 죽음과 죄의 구역질나고 기괴한 면에 캐리커처의 판타지 허깨비를 덧입혀, 마치 지옥의 아가리가 뿜어낸 뜨거운 연기를 비틀고 일그러뜨린 것처럼 보인다."
1857	세귀르 백작부인의 요정 이야기에 일러스트를 그림. 이후 문학작품뿐 아니라 여러 프로젝트에서 일러스트를 그리게 됨.
1861	단테의 『신곡』 중 「지옥 편」을 시작으로 일러스트 세계 명작을 그리겠다는 원대한 계획에 돌입. 작품 생산의 산업화 경향이 뚜렷해졌고 늘 동시에 여러 개의 프로젝트에 착수함.
1862	샤를 페로의 동화와 고트프리트 아우구스트 뷔르거의 『뮌히하우젠』에 일러스트를 그림. 『돈키호테』의 첫 스케치 시작.
1863	일러스트 작품집 『돈키호테』 출간. 그때껏 그의 최고의 성공작이 됨. 그가 그림을 그린 성경이 나오기 전까지 가장 많은 출간 부수 기록.
1864	나폴레옹 3세로부터 열흘간 초대받음.
1866	『돈키호테』가 세계적인 성공을 거둠. 당대 가장 수입이 많은 예술가가 됨. 도레의 일러스트가 실린 성경과 밀턴의 『실낙원』 출간. 삽화에 비해 회화작품들은 그다지 크게 성공하지 못함. 당시 한 비평가는 "차라리 카펫이 더 훌륭하다"며 가차없이 혹평함.
1867	라퐁텐의 『우화』와 테니슨의 『국왕목가』에 삽화를 그림.

1868	자신의 그림을 인정해주지 않는 프랑스에 실망, 영국 런던으로 이주. 그곳에서 화가와 일러스트레이터로 대성공을 거둠. 뉴 본드 스트리트 35번지에 도레 갤러리 개관. 단테의 「연옥 편」, 「천국 편」에 삽화를 그림. 런던 구석구석을 수차례 답사하며 블랜처드 제럴드의 『런던』을 텍스트로 그림을 그림. 평판이 좋지 않은 동네에서는 경찰이 동행하는 일도 있었음.
1870	프랑스 왕정이 무너짐. 나폴레옹 3세가 포로가 됨.
1872	조각가로 활동하기 시작함. 『런던』 출간.
1873	빅토리아 여왕의 초대를 받음. 새뮤얼 콜리지의 『늙은 수부의 노래』가 일러스트 작품집으로 출간.
1877	도레의 일러스트가 그려진 조제프 미쇼의 『십자군 이야기』 출간.
1878	『천일야화』의 첫 일러스트 그림.
1879	일러스트 작품집 아리오스토의 『광란의 오를란도』 출간. 주요 대작으로는 마지막에 해당. 레지옹 도뇌르 훈장 수훈.
1880	절친한 친구였던 오페라 작곡가 자크 오펜바흐 사망.
1881	어머니 사망.
1883	1월 23일 파리에서 심장마비로 사망. 같은 해 그의 마지막 일러스트 작업인 에드거 앨런 포의 『까마귀』 출간.

1847   『헤라클레스의 모험』, 도레

1851   『파리의 중국인』, 알붐

        『유람여행의 불쾌함』, 도레

        『웃기는 미술관』, 알붐

        『애서가 자코브의 삽화 작품들』, 폴 라크루아

        『이해받지 못한 불만스러운 세 명의 예술가』, 도레

        『세상에 홀로』, A. 브로트

1852   『파리의 풍경』, 에두아르 텍시에

1853   『작품전집』, 바이런 경

1854   『심장병 의사』, A. 브로트

        『왕의 사형집행인』, A. 브로트

        『파리의 각양각색의 대중』, 알붐

        『성스러운 러시아의 생생한 역사』, 도레

        『파리의 동물원』, 알붐

        『가르강튀아와 팡타그뤼엘』, 라블레

1855   『우스꽝스러운 이야기』, 발자크

        『사자 사냥』, 쥘 제라르

        『동방전쟁의 통속적인 이야기』, 뮐루아 신부

        『곰을 찾는 사람들』, J. 셰레르

        『피레네 산맥 호수로의 여행』, 히폴리트 텐

1856   『아프리카의 프랑스』, B. 가스티노

        『한 노처녀의 이야기』, 마담 드 지라르댕

        『중국에서 일어난 폭동』, 오스만

『방황하는 유대인의 전설』, 피에르 뒤퐁

『기사 조프르』, 마리 라퐁

『사막에서의 거주』, 메인 리드

『어린 막내의 회상』, V. 페르스발

『일요일의 노래』, 플루비에와 뱅상

『구둣방 이야기』, M. 상스펠데르

1857 『세계 지리』, 말테 브룬

『허세 부리는 사람』, 마리 라퐁

『새로운 요정 이야기』, 마담 드 세귀르

『알린』, V. 베르니에

1858 『전사 볼드허트』, G. E. 파든

『성 조지의 모험』, W. F. 피콕

1859 『이탈리아 전쟁』, 샤를 아당

『이탈리아 전쟁의 전투와 교전』, 복수 저자

『예후의 동료들』, 알렉상드르 뒤마

『갈리아 사람들의 광기』, 알붐

『수상록』, 몽테뉴

1860 『새로운 파리』, 라 베돌리에르

『파리 주변 이야기』, 라 베돌리에르

『시리아의 군사작전 구역』, 말테 브룬

『피레네 산맥으로의 여행』, 히폴리트 텐(개정판)

1861 『산의 왕』, 에드몽 아부

『예수 그리스도 이야기』, 부라세 신부

「지옥 편」, 단테

『흘러간 옛 노래들』, 샤를 말로

『세계의 내막』, 퐁송 뒤 테라이

『학생들의 길』, X. B. 생틴

1862 『뮌히하우젠 남작의 모험』, 테오필 고티에

『프랑스 이야기』, 빅토르 뒤뤼

『스페인』, 고다르 신부

『프랑스 민중사』, 복수 저자

『멕시코 전쟁의 역사』, 라 베돌리에르

『설화와 전설들』, 드 로종

『카스타네트 대위 이야기』, 레핀

『이야기』, 페로

『라인 강의 신화』, X. B. 생틴

1863 『돈키호테』, 세르반테스

『아탈라』, 샤토브리앙

『채색된 파리』, 아돌프 조안

『바덴과 검은 숲』, 아돌프 조안

『크로크미텐 전설』, 레핀

『텐트 아래서』, 샤를 이리아르트

1864 『1분 이야기』, 아드리앵 마르크스

『기사 이야기』, 엘리제 드 몽타냐크

1865 『발 프랑슈』, 귀스타브 에마르

『크레시와 푸아티에』, J. G. 에드거

『동화왕국』, 톰 후드

『파리에서 아프리카로』, B. 가스티노

『천일야화』, 갈랑

『쾌락주의자』, 토머스 무어

『황금화살』, M. V. 빅터

1866 『프라카스 대위』, 테오필 고티에

『실낙원』, 밀턴

불가타 성서

1867 『피레네 산맥』, H. 블랙번

『바다의 노동자』, 빅토르 위고

『프랑스와 프러시아』, 라 베돌리에르

『우화』, 라퐁텐

『코일라의 속삭임』, 모러의 기사

『일레인』, 테니슨 경

『비비언』, 테니슨 경

『귀네비어』, 테니슨 경

『물』, 가스통 티상디에

1868   「연옥 편」과 「천국 편」, 단테

『아르덴 사람들』, 엘리제 드 몽타냐크

『이니드』, 테니슨 경

『국왕목가』, 테니슨 경

1869   『금으로 된 단검』, 폴 페발

『소네트와 동판화』, 복수 저자

1870   『도레 갤러리』, 에드먼드 올리에

『토머스 후드 작품집』, 후드

『기사 보탕』, 레핀

『예술의 내막』, P. 베롱

1871   『파리의 런던 사람』, 블랜처드 제럴드

1872   『1870-1871의 전쟁 이야기』, 라 베돌리에르

『인간 종족』, 루이 피귀에

『런던: 순례여행』, 블랜처드 제럴드

『교황들 이야기』, M. 라샤트르

『에스페뤼스』, 카튈 망데스

1873   『무한의 이야기』, 카미유 플라마리옹

『알자스의 망명자』, 자크 노르망

『가르강튀아와 팡타그뤼엘』, 라블레(개정판)

1874   『스페인』, 샤를 다빌리에

『프랑스의 이야기』, 테오필 라발레

212

1875   『늙은 수부의 노래』, 새뮤얼 콜리지

        『전설의 강』, 내치벌

1876   『런던』, L. 에노

        『흑기사』, 마리 라퐁

        『알자스로렌의 예술』, 르네 메나르

1877   『농부 이야기』, 외젠 본메르

        『우리의 작은 왕들』, H. 주슬랭

        『십자군 이야기』, J. 미쇼

        『몽트뢰 안내서』, 랑베르

1878   『스페인』, 에드몬도 데아미치스

        『세계일주』, 보부아르 백작

        『합병국들로의 여행』, 빅토르 뒤뤼

1879   『목판화 광狂』, 가브리엘 페리

        『화가들의 나라로의 여행』, 마리오 프로트

        『프랑스 수채화가 협회 카탈로그』

1880   『그의 생각들』, 쥘 지라르댕

        『노래 모음집』, 귀스타브 나도

        『새해 첫날과 새해 선물』, 외젠 뮐러

        『사막의 드라마』, 누아르

1881   『퐁투아즈로부터의 귀환』, H. 르 샤르팡티에

        『북아메리카』, 히폴리트 바트마르

1882   『신혼부부의 노래』, 마담 아당

        『조지 크리뤽섕크의 삶』, 블랜처드 제럴드

1883   『까마귀』, 에드거 앨런 포

        『프랑스 수채화가 협회 카탈로그』

1907   『1871년 베르사유와 파리』, 도레

프랑스의 판화가 귀스타브 도레는 놀랍도록 왕성한 창작력의 비밀이 대체 무어냐는 질문을 받을 때마다—그는 쉰한 살까지 살면서 무려 9850여 점의 작품을 남겼다—이렇게 대답했다 한다. "영감이 떠오르는 걸 어쩌겠소!"

이런 귀스타브 도레의 영혼의 서랍 속에 들어갔다가 나오기라도 한 듯, 발터 뫼어스는 도레의 작품 스물한 점을 모티프 삼아 제3의 작품으로 탄생시켰다. 그것이 바로 이 소설 『한밤의 모험(원제: Wilde Reise durch die Nacht)』이다.

열두 살의 어린 선장 귀스타브 도레와 그의 일행이 탄 배는 야간 항해 도중 악천후를 만나 난파한다. 죽음과 그의 미친 여동생 데멘티아가 그의 영혼을 가지러 오지만 귀스타브는 죽음과 한판 내기를 한다. 동이 틀 때까지 죽음이 던져준 여섯 가지 임무를 완수하면 목숨을 건지는 것이다. 이렇게, 귀스타브의 여행은 시작된다.

이 임무들은, 그것을 억지로 생각해내느라 쩔쩔매는 죽음의 모습만큼이나 황당하고 코믹하다. 하지만 귀스타브는 시공을 초월하는 이 모험을 통해 삶의 의미와 사물의 본질에 대해 완전히 새롭게 사고할 수 있는 계기를 갖게 되고, 마침내 진정한 자아를 찾게 된다.

자신이 구해준 아마조네스로부터는 세상 무엇보다 인간에게 가장 치명적인 것이 있다면 그것은 바로 '사랑'이라는 것을 배우게 되고, 수수께끼 거인들을 만나 학문과 이론의 모순과 허를 깨닫는다. 그리고 유령들이 우글거리는 숲속에서 '꿈의 공주'를 자처하는 노파를 만나는가 하면 세상에서 가장 무시무시한 괴물이 다름아닌 '시간'임을 알게 된다. 그리고 이 '시간'의 도움으로 아흔두 살이 된 미래의 자신을 만나기도 한다. 결국 모든 임무를 완수하고 귀스타브는 죽음이 사는 달의 고요의 바다에 이른다. 그런데 그곳에 또하나의 과제가 그를 기다리고 있다.

기발한 소재에 역동적으로 전개되는 스토리를 따라가다가 잠시 귀스타브 도레의 그림에 눈길을 주다보면 그 작품들이 단테의 『신곡』, 세르반테스의 『돈키호테』나 아리오스토의 『광란의 오를란도』에 삽입되어 있던 것이 아니라, 혹여 도레가 저자 발터 뫼어스의 주문을 받고 그린 일러스트가 아닐까, 하는 착각마저 든다. 그리고 독일의 평론가 베티나 폰 에셸은 작중 귀스타브가 아인슈타인의 상대성이론을 접하는 대목에 착안, '돈키호테가 아인슈타인을 만났다'라는 표제로 서평을 쓰기도 했다.

작품의 의의나 특이한 구성, 세계 출판계의 찬탄, 이 모든 걸 차치하고라도 이 소설을 단 한 마디로 말하라면 역자인 나로서는 일단 '굉장히 흥미로운 책'이라 하겠다.

독자들은 작가의 복잡하고 치밀한 사고의 유희에 발목이 꽉 잡혀, 그 긴박하고도 밀도 있게 펼쳐지는 작품 속으로 정신없이 빨려들어갈 것이다. 그러다가 번번이 '아이러니'의 덫에 걸려 휘청거릴지도 모른다. 또 어느 순간, 작가의 놀랄 만한 상상력과 교묘한 순간적 착상에 그만 빙그레 미소짓다가, 경쾌한 문장 사이사이에서 아무렇지도 않게 툭툭 튀어나오는 함축적인 상징어와 맞닥뜨릴 때는 우주와 원리와 삶의 본질에 대해서 가만히 생각해보게 될 것이다.

웬만한 상상력으로는 따라잡을 수 없는 간결하고 함축적인 상징어들, 저자 특유의 조어 때문에 번역작업이 결코 쉽지만은 않았다. 속도가 나지 않은 것은 그 때문이기도 하지만, 좀더 솔직히 말하자면 책장을 넘기기가 아쉬웠다. 맛있는 케이크 한 조각을 조금씩 음미하며 아껴 먹는 마음이랄까……

작은 예로 "이 우주는 바로 네가 꾸는 꿈일 수도 있지. (……) 어쩌면 토성에 사는 개미가 꾸는 꿈인지도"와 같은 문장들은 역자로서나 독자로서나 그리 쉬이 접할 수 있는 것이 아니므로.

데뷔 이후 한동안 어느 매체에도 얼굴을 공개하지 않는 대신, 토마스 만 이래 독일문단의 최고 작가로 당당히 자리매김하게 만든 『캡틴 블루베어의 13과 2분의 1 인생』의 푸른 곰 선장을 연상케 하는, 콧수염과 큰 매부리코, 그 위에 살짝 얹은 둥근 테 안경의 자화상만 덜렁 한 장 내놓곤 했던(사실 그는 아주 매력적인 미남자다) 발터 뫼어스. 종종 '말하는 벽지'가 되는 꿈을 꾼다는 작가. 작중 귀스타브처럼 아흔두 살의 자신을 만난다면 어떤 모습일 것 같으냐는 기자의 물음에 "글쎄요…… 살아 있는 모습이었으면 좋겠군요"라고 익살을 떠는 작가의 매력이 고스란히 배어 있는 이 작품이 좋은 책과 독일문학을 사랑하는 독자를 찾아갈 수 있게 되어 기쁘다. 모쪼록 독자 여러분의 즐거운 책 읽기가 되기를 바란다.

안영란